KB236059

수용

수용

박성희 지음

제가 아는 선배님 중에 틀린 것과 다른 것을 구분하지 않
는 사람들의 사고방식을 탓하는 분이 있습니다. 다른 것을 틀린
것이라 여기고 한쪽으로 몰아가는 세태가 못마땅한 것이겠지요.
하기야 다른 것을 틀린 것으로 받아들이면 세상살이가 참 힘들
어질 겁니다. 그냥 다르다고 생각하면 쉽게 넘어갈 수 있는데 틀
리다고 생각하면 뭔가 참견을 해서 바로잡아 놓아야 속이 편할
거고, 그래서 바로잡아 놓으려고 참견을 하면 갈등과 분쟁이 일
어날 소지가 훨씬 더 커질 테니까요.

수용은 나와 다른 생각, 다른 감정, 다른 행동을 하는 사람들을
있는 그대로 받아들인다는 뜻입니다. 다른 것을 틀린 것으로 여
기지 않고 그냥 자기와 다른 모습 그대로를 인정한다는 거지요.
우리가 이렇게 할 수만 있다면 아마도 평화로움을 유지하며 사
람들과 조화롭게 어울려 사는 일이 훨씬 더 쉬워질 것입니다. 나

는 나대로 다른 사람은 다른 사람대로 각기 자기 색깔을 내면서 동시에 서로의 색깔을 인정하고 존중해 준다면, 아마도 세상은 다채로운 빛깔로 엮여 찬란하게 빛나는 아름다운 놀이터가 될 것입니다.

일찍이 로저스는 인간관계의 필요충분조건이라고 하여 진정성, 공감, 수용 세 가지를 꼽은 적이 있습니다. 인간관계에서 이 세 가지 조건이 제대로 갖춰지면 사람의 성장과 발전은 저절로 이루어진다는 것입니다. 따라서 상담을 할 때 잡다한 기술이나 전략을 동원하지 말고 이 세 가지 조건에 충실한 관계를 제공하라고 주장하였습니다. 만일 상담 기술이나 전략이 존재한다면 이 세 가지 조건을 더 풍성하고 더 세련되게 만드는 도구들이어야 할 겁니다. 이렇게 말할 정도로 세 가지 조건은 상담의 핵심을 차지하는 중요한 내용입니다. 수용은 그중 한 자리를 차지하고 있고요.

지금까지 상담계에서 수용에 대한 논의는 무엇을 어떻게 수용할 것인가에 집중되었습니다. 상식적으로 당연한 일입니다만, 그 논의가 주로 '무조건적 긍정적 존중(unconditional positive regard)'에 치우쳐 논의의 폭을 좁혀 온 경향이 있습니다. 수용이 상담이라는 전문 분야에서뿐 아니라 사람들의 일상생활 전반에 걸쳐 중요하게 작용하는 인간관계의 원리라는 점에서 다시 생각해 볼 여지가 있는 부분입니다. 이런 점을 고려하여 이 글은 수용에 대해 생각할 거리를 크게 확장시켰습니다. 그리하여 사람들의 일 상생활과 전문 분야인 상담을 아우르며 수용의 의미와 역할을 드러내려고 노력하였습니다. 글을 이해하기 쉽게 풀어쓰고 우리 주변에서 쉽게 찾을 수 있는 예화를 많이 든 것도 이런 이유에서 입니다.

저는 1998년도에 『동화로 열어가는 상담 이야기』에서 이미 진 정성, 공감, 수용에 대한 이야기를 쓴 적이 있습니다. 그 책에서 저는 이 세 가지 조건을 간단하게 설명하고 각 조건에 어울리는 사례와 예화들을 많이 모아 놓았었지요. 그래도 늘 아쉬움이 남 아 있었습니다. 상담에서 필요·충분하다고 강조하는 세 가지 조건에 대하여 좀 더 충실하고 자세한 설명을 덧붙여야 한다는 사명감 같은 게 있었던 모양입니다. 그래서 전에는 한 장으로 다 루었던 내용을 아예 한 권의 책으로 발전시켜 보자고 마음을 먹 었고, 그리하여 『공감』과 『진정성』이라는 책을 출간하였습니다. 이번에 이 책 『수용』을 냄으로써 그동안 마음에 품었던 숙제를 해결한 셈이 되었습니다.

이쯤에서 잠깐 현재 한국의 상담계에서 펼쳐지는 일들에 대해 쓴소리 한마디 하겠습니다. 누가 뭐라 해도 상담은 청담자 스스 로 자기 길을 찾아가도록 돕는 일입니다. 다시 말해, 청담자의 자기주도성을 살리고 청담자가 원하는 삶을 스스로 찾아갈 수 있게 조용히 돕는 활동이 상담이라는 거지요. 따라서 상담자는 항상 청담자 뒤에 숨어 있어야 합니다. 굳이 비유를 하자면, 앞에서 수레를 끄는 사람은 청담자요, 뒤에서 미는 사람은 상담자라고 말할 수 있습니다. 끄는 사람이 수레가 나아갈 방향을 정하고 미는 사람은 거기에 힘을 보태는 거라고 생각하면 상담자의 역할에 대해 감을 잡을 수 있을 것입니다. 그런데 요즘 우리나라의 상담자들은 수레를 앞에서 끌어가려고 난리를 피우는 것 같습니다. 온갖 지식과 기술과 전략으로 무장하고 앞장서서 청담자의 인생에 참견하니까요. 저는 때로 '상담 무협지(?)'를 연상시키는 말과 글들을 보면서 깜짝깜짝 놀라기도 합니다. 상담이라는 이름을 걸고 교육이나 치료를 하려는 상담자들을 보면서 안타까운 마음 금할 길이 없습니다. 청담자의 자기주도성을 향상시키기 위하여 상담자가 할 일은 청담자의 삶에 열심히 참여하면서도 숨죽이며 있는 것입니다. 상담자가 지식이나 기술이 아니라 자신의 인격 함양에 열을 올려야 하는 이유도 여기에 있고요. 진정성, 공감, 수용은 바로 이 목표를 실현해 주는 가장 중요한 수단입니다.

이 세 조건을 너무 쉽게 여기는 것도 문제입니다. 사실 조건 하나하나의 의미를 깊이 이해하고 그 원리와 철학을 자신의 삶과 상담에 제대로 적용하려면 상당한 자기성찰과 훈련이 필요합니다. 그런데 이 조건들에 대해 언급하고 있는 국내 상담 서적과 연구물들을 살펴보면 그런 흔적을 찾기가 어렵습니다. 그리고 대부분의 상담자는 이런 것쯤은 모두가 다 알고 있는 듯, 가볍고 쉽게 넘어갑니다. 정말 그렇습니까? 혹시 우리는 앵무새처럼 그 이름만 알고 있는 건 아닐까요? 혹시 우리는 자기 자신조차 제대로 수용하지 못하면서 청담자를 수용하겠다고 나서는 설익은 상담자가 아닐까요? 앞에서도 말했지만, 로저스는 이 세 가지 조건을 찾아낸 후 평생 그 중요성을 역설했습니다. 인간주의 상담은 아예 이 조건들의 탐구에 올인했고요. 장담하건대, 이 세 가지 조건 중 한 가지에만 정통한다고 해도 정말 훌륭한 상담자가 될 수 있을 것입니다. 앞으로 상담을 공부하는 후속 세대들은 현란한 방법과 기술에 쏟는 관심을 돌려서 상담의 본질이자 기초라고 할 수 있는 인간관계의 필요충분조건에 대해 깊이 있게 공부하기를 기대합니다.

지난 2년 동안 많은 시간을 연구실과 학교를 벗어나 바깥세상 속에서 보냈습니다. 그러면서 종전에는 기대할 수 없었던 많은 체험과 경험을 했습니다. 다양한 직종에서 다양한 모습으로 살아가는 사람들, 다른 꿈을 꾸며 다르게 인생을 즐기는 사람들, 정 많은 아저씨와 사랑이 고픈 아줌마들, 이들을 만나면서 참 많은 것을 보고 듣고 느꼈습니다. 때로는 소화하기 어려운 경험도 있었고, 때로는 안타까움에 마음이 심하게 흔들린 적도 있었습니다만, 지금은 모두 소중한 추억으로 남아 있습니다. 이런 일은 앞으로도 계속되겠지요. 그리고 이 모든 체험과 경험을 잘 수용한다면 그만큼 인간적으로나 인격적으로 제가 성장할 거라는 사실을 믿어 의심치 않습니다. 제가 만나는 모든 분, 그리고 저에게 특별한 사랑과 관심을 보여 주는 모든 분에게 감사의 인사를 드립니다.

이 책은 많은 사례를 담고 있습니다. 이 사례들 중 일부는 제가 직접 경험한 것들이고 일부는 다른 서적이나 자료에서 아이디어를 얻은 것들입니다. 아이디어를 얻을 수 있도록 자료를 제공한 모든 분에게 감사를 드립니다. 글은 제가 풀어서 다시 썼지만, 이 아이디어들은 제 생각을 자극하고 풍요롭게 해 주는 소중한 역할을 했습니다.

용암동에서
박성희

Contents

수용한다는 것은 있는 그대로 받아들인다는 것입니다.

그게 생각이든 감정이든 행동이든 표현한 그대로 받아들인다는 뜻입니다.

Chapter

무엇을 수용할까

Chapter 01
무엇을 수용할까

다음은 불교 우화에 나오는 이야기입니다.

🍵 꽃향기가 코를 찌르고 벌과 나비가 춤을 추는 따뜻한 봄날입니다. 한 아들이 늙은 어머니를 지게에 싣고 집을 나섰습니다. 어머니는 날아갈 듯 기분이 좋습니다. 사랑하는 아들과 함께 봄날을 즐기러 나왔으니 마음이 한껏 부풀어 오릅니다. 하지만 지게에 어머니를 실은 아들의 마음은 무겁기만 합니다. 한참 동안 들판을 돌아다니던 아들은 이윽고 산으로 걸어 들어갑니다. 아들은 아무 말도 하지 않고 점점 숲 속 깊이 들어갑니다. 즐거운 웃음으로 가득했던 어머니의 얼굴이 어두워집니다. 그러나 이내 밝은 기운을 회복한 어머니는 소나무에 달린 솔잎을 따서 길에 뿌리기 시작했습니다. 어머니의 행동을 알아챈 아들이 묻습니다.

"어머니, 길에 솔잎을 왜 뿌리시는 거예요?"

"이따가 네가 혼자 돌아갈 때 길을 잃을까 봐 그래."

아들은 울음을 터뜨리며 그 자리에 주저앉습니다. 그리고 어

머니께 용서를 빕니다. 깊은 산속에 어머니를 버리려던 아들은 자신의 잘못을 깊이 뉘우치고 집으로 돌아와 온 정성을 다해 어머니를 모셨습니다.

고려장에 대한 이 이야기는 참으로 감동적입니다. 자신을 버리려는 아들을 탓하기는커녕 그런 아들의 돌아갈 길을 걱정하는 어머니의 마음이 우리를 감동하게 합니다. 어머니의 이런 마음을 '수용'이라고 말할 수 있습니다. 자신을 깊은 산속에 버리려는 아들의 생각과 행동을 있는 그대로 받아들인 거지요. 거기다 한술 더 떠 아들의 돌아가는 길까지 배려하고 있습니다. 어머니의 마음에 감동한 아들은 그 자리에서 바로 자신의 생각과 행동을 바꾸는데요, 이것이 바로 수용의 힘이라고 여겨집니다. 만일, 어머니가 전혀 다르게 행동했다면 어떤 일이 벌어졌을까요? 그러니까 어머니가 자신을 버리려는 아들의 행동을 눈치채고, "아이고 이런 불한당 같은 놈아, 지 에미를 버리려고 하다니 천벌을 받아 마땅하다, 이놈아."라고 반응했다면 어떻게 되었을까요? 아마도 아들은 눈물을 뿌리면서도 처음 먹은 생각대로 어머니를 산속에 버렸을 가능성이 높습니다. 어머니의 야단이 아들의 행동을 변화시키는 데 효과가 없었을 거라는 말입니다.

수용에는 이렇게 사람을 변화시키는 강한 힘이 담겨 있습니다. 그래서 사람들은 아주 오래전부터 수용의 중요성을 말해 왔습니다. 사람의 생각과 행동을 변화시키는 전략으로 수용만큼 중요한 것도 없다고 본 것입니다. 그렇다면 수용에 이렇게 사람의 마음과 행동을 변화시키는 강한 힘이 들어 있는 이유는 무엇일까요?

수용한다는 것은 있는 그대로 받아들인다는 것입니다. 그게 생각이든 감정이든 행동이든 표현한 그대로 받아들인다는 뜻입니다. 따라서 상대방 입장에서 보면 받아들여지기 위해서 억지로 꾸미고 조작하고 덧붙이는 이상한 짓을 할 필요가 없습니다.

현재 자기 모습을 있는 그대로 보여 줘도 다 받아들여지는데 굳이 자기를 속이며 무리할 필요가 없는 거지요. 그러니까 매우 편한 마음으로 자유를 누리며 자기답게 살 수가 있습니다. 다시 말하면, 상대방의 눈치를 보지 않은 채 자기가 원하는 모습대로 진정성 있는 삶을 살 수 있게 된다는 겁니다. 그리고 진정성에 충실해지는 순간 자기를 얽매는 조건과 굴레들을 과감하게 벗어던지고 자유를 만끽하는 삶을 향하게 됩니다. 앞의 예화에서 마음을 돌린 아들이 그 예라고 할 수 있겠네요.

하지만 '있는 그대로 받아들이는 것이 수용입니다' 하고 끝내 버리면 여러분에게 별로 도움이 되지 않을 것 같습니다. 수용의 정체가 뭔지, 수용은 어떻게 하는 건지 보다 상세한 지식이 있어야 실제 생활에서 도움을 얻을 수 있을 테니까요.

한자어 '受容(수용)'은 '어떤 것을 받아들인다'는 뜻인데요, 여기서 '받아들이는' 행동과 그 대상인 '어떤 것'에 주목할 필요가 있습니다. 먼저, '받아들이는' 행동은 어떻게 하는 것일까요? 우리가 물건을 주고받는 경우에는 받아들이는 행동을 어떻게 하는 건지가 명쾌합니다. 그러나 추상적인 대상의 경우 받아들이는 행동을 설명하기가 쉽지 않습니다. 이를테면 '마음'을 주고받는다고 할 때 어떻게 하는 것이 마음을 받아들이는 것일까요? 상대방의 마음을 알아차리는 것일까요, 이해하는 것일까요, 인정하는 것일까요, 신뢰하는 것일까요, 존중하는 것일까요, 아니면 따르는 것일까요? 상황과 맥락에 따라 다르겠지만 받아들이는 행동이 이렇게 여러 가지로 해석될 여지는 항상 남아 있습니다. 앞의 '고려장' 이야기에서 어머니의 경우, 자기를 버리려고 하는 아들의 의도를 알아차리고 그 뜻을 따르려는 '받아들임'을 하고 있습니다. 어쨌거나 수용을 제대로 이해하려면 '받아들임'의 성격이 분명해야 합니다.

'어떤 것' 역시 중요합니다. '근대 문명의 수용' '핵 사찰 수용' '요구 조건 수용' 등 수용의 내용은 매우 다양합니다. 그러나 이 책에서는 사람의 수용에 대하여 초점을 맞출 것입니다. 그러니까 사람들을 만나면서 접하는 다양한 경험을 수용의 내용으로 보고자 합니다. 경험이라고 간단히 줄여서 말했지만, 사실 이 경험은 매우 복잡합니다. 일상생활에서 수용을 말할 때 흔히 특정 '행동'을 지칭할 때가 많은데요, 행동 이외에도 생각, 감각, 느낌, 인격, 자아실현경향성, 유기체적 가치화 과정 등 많은 것이 수용의 내용이 될 수 있습니다. 수용은 늘 상대방과 나의 관계 속에서만 일어나는 것은 아닙니다. 이 책에서는 수용의 폭을 넓혀서 자신을 수용하는 것까지 포함시키려고 합니다. 자신을 잘 수용할 줄 알아야 타인을 수용하는 일도 수월해지기 때문입니다.

자, 그러면 수용의 내용, 즉 어떤 것 또는 무엇을 수용할 것인가를 시작으로 이야기를 펼쳐 봅시다. 앞에서 수용의 내용을 '경험' 이라는 한 낱말로 뭉뚱그려 표현했는데요, 이 안에는 여러 가지 내용이 포함되어 있어서 이를 좀 더 자세하게 나누어 살펴볼 필요가 있습니다. 그 전에 이 글에서 말하는 '경험' 과 '체험' 의 의미를 명확히 해 두는 것이 좋을 듯합니다. 물론 경험과 체험 모두 수용할 내용에 포함됩니다.

🟢🟢 경험과 체험

경험의 사전적 의미는 '자신이 실제로 해 보거나 겪어 보는 것, 또는 거기서 얻는 지식이나 기능' 입니다. '객관적 대상에 대한 감각이나 지각 작용에 의하여 깨닫게 되는 내용' 이라고 설명하기도 합니다. 그러니까 정리하자면, 경험은 어떤 일을 겪은 '결과' 로 얻게 된 지식, 기능, 내용을 말합니다. 영어로는 명사형 'experience' 와 뉘앙스가 비슷합니다. '풍부한 경험을 쌓다' '아직은 경험이 부족하여 일하는 게 서툴다' 는 표현에서 알 수 있듯이 경험은 실제로 겪은 결과 자신의 내면에 쌓여진 '무엇' 을 가리킵니다.

그런데 우리가 실제로 어떤 일을 겪을 때 경험이라는 '결과' 로 굳어지기 전에 반드시 거쳐 가는 일련의 '과정' 이 있습니다. 이를테면 '경험하는 중' 이라는 과정이 있다는 겁니다. 굳이 영어로 표현하자면 현재진행형 'experiencing'입니다. 'experiencing', 다시 말해 경험하는 과정을 잘 드러내는 낱말이 바로 체험입니다. 경험과 마찬가지로 체험 역시 자기가 몸소 겪는 일을 가리키는데, 경험이 결과에 초점을 맞춘다면 체험은 과정에 초점을 맞춥니다. 체험의 사전적 의미는 '유기체가 직접 경험한 심적 과정' '경험과는 달리 지성·언어·습관에 의한 구성이 섞이지 않은 근원적인 것' '주관과 객관으로 나누기 전에 개인의 주관 속에 직접적으로 볼 수 있는 생생한 의식 과정이나 내용' 등으로, 그 의미부터 과정적 속성을 잘 나타냅니다. 그러니까 체험은 어떤 일을 겪을 때 아직 무엇이라고 분류하거나 정의하기 전에 그 일을 겪는 순간순간 접하는 생생한 원자료로서의 내용이라는 거지요. 그러니까 체험이 먼저 일어나고 이것을 원자료로 삼아 나중에 경험이라는 결과로 정리된다는 거지요.

이렇게 보면 경험과 체험은 분명 다른 것이라고 말할 수 있습니다. 동일한 체험을 했더라도 그것이 경험으로 정리되고 정의되고 상징화되는 과정에서 달라질 가능성은 얼마든지 있을 수 있으니까요. 한 사람 안에서도 같은 체험을 다른 경험으로 갈무리하는 경우가 있을 텐데, 사람이 다르면 그 정도는 더욱 심해질 것입니다. 이해를 돕기 위해 예를 들어 보겠습니다.

✉ 두 돌이 갓 지난 철수가 유모차를 밀고 가다가 턱진 곳에 걸려 넘어졌습니다. 이 광경을 지켜본 엄마가 갑자기 "철수야, 위험해!" 하고 소리를 치며 달려옵니다. 처음에 멍하게 있던 철수는 엄마의 행동을 보고 그만 "아~~~앙" 하고 큰 소리로 울음을 터트립니다.

✉ 두 돌이 갓 지난 영희가 유모차를 밀고 가다가 턱진 곳에서 넘어졌습니다. 이 광경을 지켜본 엄마가 미소를 지으며 "영희가 넘어졌네. 씩씩하게 털고 일어나야지~." 하고 말합니다. 처음에 멍하게 있던 영희는 엄마의 말을 듣고 씨익 웃으며 일어납니다.

이 두 사례 속에서 철수와 영희는 같은 체험을 했지만 전혀 다른 경험을 갖게 됩니다. 철수도 영희도 턱진 곳에 걸려 넘어집니다. 그런데 그 체험은 엄마의 반응에 따라 전혀 다른 경험으로 자리 잡습니다. 턱진 곳에 걸려 넘어진 행동이 철수에게는 울음을 터뜨릴 정도의 무서운 경험으로, 영희에게는 가볍게 웃고 일어날 정도의 별로 대수롭지 않은 경험으로 남게 된 거지요. 아마 이후에 턱진 곳에 걸려 넘어지는 똑같은 상황이 발생하면 또다시 철수는 울음으로, 영희는 웃음으로 반응할 가능성이 매우 높습니다. 이미 이 상황과 관련된 경험이 형성되었기 때문입니다.

학자들은 이런 현상을 정서의 '사회적 참조' 라는 말로 표현하기도 합니다.

  수용을 제대로 하려면 결과로서의 경험과 과정으로서의 체험을 모두 중시해야 합니다. 그래야 상대방을 전체로 받아들이는 일이 가능하니까요. 그런데 종종 이미 완성된 경험이 새로운 체험을 방해하고 왜곡하는 경우가 생깁니다. 새롭게 일어나는 체험 내용에 주의를 기울이기 전에, '아, 이건 전에 경험한 그것과 동일한 거야.' 라는 판단이 앞서는 바람에 섣부르게 체험 내용을 이전 경험과 동일시해 버리거나 또는 이전의 고통스러운 경험 때문에 아예 새로운 체험을 피하려는 일이 발생하기 때문입니다. 따라서 경험을 존중하되 그 경험이 체험을 어렵게 하는 요인이 될 수 있다는 가능성을 염두에 두어야 합니다. 생생한 체험을 강조하는 현대 상담의 입장에서 보면 경험은 오히려 극복해야 할 장애물이 될 수도 있습니다. 그럼에도 수용은 현재의 경험으로부터 시작되어야 합니다. 상대방의 경험을 수용하는 일은 곧바로 그 사람의 현재의 모습을 있는 그대로 받아들이는 일이니까요. 이렇게 할 때 상대방은 부담 없이 자기 경험을 마음껏 드러내며 탐색하는 작업에 빠져들 수 있고 서서히 경험의 원자료인 체험에 다가갈 기회를 가질 수 있습니다.

  자, 그럼 이제부터 '무엇' 에 해당하는 수용의 내용을 구체적으로 살펴봅시다.

먼저, 인격에 대해서 생각해 보겠습니다. 필자는 다른 책에서 인격을 '지속성을 유지하며 자기주도적으로 살아가는 개체로서의 정신적 특성'이라고 정의한 바 있습니다. 이 정의에는 네 가지 핵심적인 요소가 들어 있습니다. 개체, 지속성, 자기주도성, 그리고 정신적 특성입니다. 그러니까 인격을 수용한다는 말은 한 개체로서의 인간이 지닌 지속성, 자기주도성, 그리고 정신적 특성을 받아들인다는 말입니다. 이 네 가지 요소 중에서 개체를 제외한 나머지 셋에 대해서 좀 더 자세히 들여다볼까 합니다.

66 지속성

사람은 누구나 세상을 살아가면서 고유하고 독특한 자신만의 모습을 만들어 갑니다. 어느 정도 나이가 들면 이 모습은 상당히 안정된 모습을 취하게 되는데요, 일단 이렇게 고유한 '자아'가 자리를 잡아 안정되면 그 '자아'는 삶의 여러 방면에 커다란 영향을 미치게 됩니다. '나는 ~한 사람'이기 때문에 '~하게 생기고, ~하게 생각하고, ~하게 느끼고, ~하게 행동하고, ~하게 관계 맺는' 것을 아주 당연하고 자연스럽게 여깁니다. 그리고 이런 자아의 모습은 어제도 그랬고 오늘도 그렇고 내일도 그럴 것이라고 믿어 의심치 않습니다. 흔히 이것을 '자아개념' 이라고 부르기도 하는데요, 자아개념은 상당히 일관성 있는 조직과 체제를 갖추고 있습니다. 그렇기 때문에 자아개념은 쉽게 변화하지 않습니다. 자아에 대해 가진 생각 때문에 때로 곤란한 일을 당하고 힘이 들어도 웬만해서는 바꾸려고 하지 않습니다. 기꺼이 불편을 감수할지언정 자신의 진정한 모습이라고 생각하는 자아에 손을 대고 싶지 않은 거지요. 필자가 아는 분 중에 자기는 의리를 빼면 시체라고 공공연히 말할 정도로 의리를 신봉하는 분이 있습니다. 이 분은 자기의 핵심 가치인 의리를 지키기 위해 때로 억울한 일을 당하거나 손해를 볼 때도 있습니다. 친구와 한 번 만날 약속을 정해 놓으면 그 사이에 굉장히 중요한 일이 생겨도 그 약속을 깨는 법이 없습니다. 의리를 지키되 상황에 따라 유연성 있게 대처할 수도 있을 텐데 그런 행동은 자아개념에 어긋나기 때문에 아예 생각을 않는 거지요.

지속성 또는 자아동일성은 얼굴을 예로 들면 이해하기 쉽습니다. 우리가 태어날 때 세상에 가지고 오는 얼굴은 성장하면서 조금씩 변화합니다만, 그럼에도 상당한 지속성을 가지고 있습니다. 초등학교 때 찍은 사진과 성인이 된 사람의 얼굴을 짝짓기 하는 일은 그다지 어렵지 않습니다. 성형 수술을 하지 않는 한 얼굴이 좀 더 커지고 색깔이 변하고 주름살이 늘어났을 뿐, 어릴 때 얼굴의 특성이 그대로 남아 있으니까요. 사람들이 자기 얼굴을

쉽게 연상하는 것은 얼굴이 오랫동안 제 모습을 유지해 온 친숙한 것이기 때문입니다. 그래서일까요? 자기 얼굴을 싫어하는 사람은 그리 많지 않다고 합니다. 잘 생기고 못 생긴 것을 떠나서 오래 바라보다 보니 정이 든 거지요. 간혹 성형 수술을 하는 사람들이 있는데요, 이 행위도 자기 얼굴이 싫어서라기보다 지금보다 더 잘나고 예쁘게 보이고 싶은 욕구가 강해서 하는 것이랍니다. 좀 심하게 성형 수술을 해서 얼굴이 딴판이 되어 버리면 심리적으로 새 얼굴에 적응하기 위해 상당한 시간이 걸린다는 사실도 지속성의 중요성을 잘 말해 줍니다.

한 사람이 지속적으로 유지하고 있는 특성은 지금까지 그 사람이 살아온 삶의 결과라고 말할 수 있습니다. 얼굴처럼 그 특성이 우연히 형성되었을 수도 있고 가치관처럼 상당한 노력이 들었을 수도 있지만, 어쨌거나 현재 결과로서의 자아를 구성하고 있는 특성들은 모두 자신에게 속하고 자신을 구성하는 것이기 때문에 귀하고 소중합니다. 다른 사람의 눈으로 볼 때 아무리 못나고 부족하고 문제가 많아 보일지라도 그것이 자신에 속하는 것인 이상 그 가치는 비길 데가 없습니다. 따라서 어떤 사람이 유지하고 있는 지속성 또는 자기동일성을 존중하고 수용하는 일은 그 사람이 살아온 삶을 존중하고 수용하는 일과 다르지 않습니다. 수용의 첫걸음이 여기에서 시작된다고 말할 수도 있습니다.

●● 자기주도성

지속성을 지금까지 살아온 삶의 결과라고 한다면, 자기주도성은 지속성을 창출하는 주체로서의 역량입니다. 자기 인생의 주인이 되어 삶의 방향을 설정할 뿐 아니라 매 순간 필요한 선택을 하면서 자기를 창조해 가는 거지요. 자기주도성을 발휘하는 사람들은 삶에 활기가 있고 자유로움이 넘쳐 납니다. 그리하여 아무도 흉내 낼 수 없는 자신만의 고유한 인격을 만들어 갑니다.

그런데 여기서 문제가 발생합니다. 우리를 둘러싼 수많은 인간관계가 이런 자기주도성을 쉽사리 허락하지 않는다는 거지요. 우리는 모두 내면에 자기주도성을 향한 강한 열망과 능력이 있습니다. 그러나 우리가 태어나 성장하면서 만나는 수많은 '관계'들은 우리의 자기주도성을 억압하고 방해합니다. 자기주도적이 아니라 타자주도적으로 살아가게끔 압박을 가하는 거지요. 이러한 압박은 아주 일찍부터 시작됩니다. 예를 들어 보겠습니다.

소아과 의사로 이름을 날린 미국의 스포크 박사와 얽힌 이야기입니다. 하루는 스포크 박사가 TV에 출연해서 유아교육에 관한 강연을 했습니다. 강연 내용 중 스포크 박사는 네 시

간마다 수유를 하는 것이 아기에게 좋다는 발언을 했습니다. 이를 지켜본 미국의 많은 엄마들은 육아법의 권위자로 통하는 스포크 박사의 말에 따라 수유 간격을 네 시간으로 정했다고 합니다. 네 시간이 지나기 전에는 아기가 배고프다고 아무리 울어도 젖을 주지 않았고, 네 시간이 지나면 아기가 젖을 먹지 않으려고 떼를 써도 강제로 젖을 먹였다고 합니다. 그 결과 한 달이 지나자 대부분의 아이들이 네 시간으로 정해진 수유 간격에 적응했다고 합니다.

네 시간의 수유 간격에 강제로 적응한 아기들은 아마도 타고난 생체리듬을 따르는 것보다 외부에서 일방적으로 부여하는 규칙을 따르는 편이 자신의 생존에 유리하다는 사실을 배웠을 겁니다. 내면에서 우러나는 자기주도성을 포기한 대신 주어진 환경에 쉽게 적응하는 법을 배운 셈이죠. 인간의 가장 기본적인 욕구인 먹는 일에도 자기주도성을 발휘할 수 없으니 다른 것들은 오죽하겠습니까.

대부분의 부모들은 특별한 의식 없이 이렇게 자녀들의 자기주도성을 망가뜨리는 일에 앞장섭니다. 영아기 때부터 상과 벌을 줄 조건과 상황을 미리 정해 놓고 아이들의 행동을 그에 맞춰 조절해 가는 거지요. 흔히 양육, 교육 또는 훈련이라는 이름으로 포장된 이런 행동은 아이의 자기주도성 발달에 엄청난 독이 됩니다. 자기주도성을 발휘할 틈을 주지 않거나 자기주도성을 발휘했는데 무시되는 경험이 반복되면 아이는 그냥 다른 사람들이 요구하는 대로 따라가는 것이 편하다는 것을 깨닫게 됩니다. 그리하여 주변의 요구에 따라 수동적으로 따라가는 것이 습관으로 굳어집니다. 이래 놓고서 아이가 조금 커서 공부할 때쯤 되면 부모들은 자녀에게 자기주도성이 없다고 난리를 칩니다. 알아서 공부를 해야 하는데 자녀가 그렇게 하지 않는다고 성화를 부리는 거지요. 자기주도성을 성장시킬 기회를 박탈해 놓고서 자기주도성이 없다고 되려 아이들 탓을 하니 참 우스운 일이죠. 요즘 유행하는 자기주도적 학습법이라는 것은 이런 배경을 타고 등장한 고도의 상술입니다. 학습은 원래 자기주도적인 건데 말입니다.

어릴 때부터 망가지기 시작한 자기주도성은 성장해서도 다양한 방식으로 방해를 받습니다. 그중 하나가 사회·문화적으로 주입되는 이데올로기들입니다. 어쩔 수 없이, 반드시, 꼭 해야만 하는, 당위적이라고 여겨지는 일들이 있습니다. 자신이 원하지도 않고, 좋아하지도 않고, 또 자신에게 어울리지 않음에도 '꼭 그렇게 해야만 하는' 것이라고 정의되어 있기 때문에 마지못해 그대로 따르고 삽니다. 학생이니까, 자식이니까, 부모니까, 항상 그렇게 해 왔으니까, 모두가 그렇게 하니까, '이게 아닌데' 라는 느낌을 받으면서도 크게 의심하지 않고 그 생각을 따르고 그렇게 행동합니다. 이런 생활이 지속되면 알맹이가 빠진 빈껍데기

같은 삶을 산다는 느낌이 들어 사는 게 왠지 허무하고 허탈해집니다. 진정한 자신으로부터 소외될 때 받는 느낌이 바로 이런 것이지요. 중년 여성들 가운데는 자식과 남편을 위해 엄마로서, 아내로서의 역할을 충실히 하다가 50대 들어 자식들이 곁을 떠나기 시작하면 뒤늦게 자신의 삶이 텅 비어 있음을 자각하고 허무감으로 몸을 떠는 사람이 많습니다. '빈 둥지 증후군'이라고 불리는 이런 증상은 꽉 찼던 둥지가 비어 버려서 느끼는 허탈감 때문에 나타나기도 하지만, 둥지 안에만 신경 쓰고 살아온 자신의 인생이 왠지 타깃을 벗어난 것 같은 안타까움에서 생기기도 합니다. 자신의 인생을 자신이 주도하지 못하고 살아온 결과를 이렇게 맞이하게 되는 거지요.

✉ 50대 중반에 든 황혼 씨는 최근 남편과 이혼했습니다. 더 늦기 전에 남편으로부터 벗어나 자유롭게 살아 보고 싶은 마음이 간절했기 때문입니다. 처녀 시절, 황혼 씨는 남편이 너무도 좋았습니다. 얼굴도 잘 생기고 키도 크고 마음도 너그러운 거 같아서 황혼 씨가 먼저 남편을 쫓아다녔습니다. 그러다가 결혼을 하기도 전에 덜컥 임신을 했고요. 그런데 결혼을 하고 나니 남편이 그야말로 180도 달라졌습니다. 마음이 너그럽기는커녕 가사일 하나하나 신경 쓰게 만들고 쪼잔하기가 장난이 아닙니다. 그래도 황혼 씨는 가정을 지켜야 한다는 마음 하

나로 참고 참으며 살아왔습니다. 그렇게 아이를 넷이나 낳아 대학도 보내고 두 아이는 결혼도 시켰습니다. 가정을 위해 그만큼 열심히 살았으면 이제 남편이 자기를 존중해 줄 만도 한데, 남편은 여전히 황혼 씨를 자기 뜻대로 움직이려고 합니다. 물건을 사는 것도 외출을 하거나 취미 생활을 하는 것도 자기 마음대로 하지 못하는 황혼 씨는 답답증과 우울증에 시달리다가 급기야 이혼을 하게 된 것입니다.

이 이야기 속 황혼 씨는 남편으로부터 수십 년간 자기주도성을 침해당했습니다. 결국 참지 못하고 남편과 이혼을 했지요. 늦게나마 자기주도성을 되찾고 내 인생을 살기 위해서였을 것입니다. 그러나 어떤 경우 사람들은 주변 사람들의 기대를 충족시키기 위하여 자발적으로 자신을 희생하기도 합니다. 자신보다 다른 사람의 기대를 우선하고 그 기대를 충족시키기 위하여 자신의 욕구를 무자비하게 희생시키는 거지요. 엉뚱하게도 자기주도성을 파괴하는 데 자기주도성을 발휘하는 겁니다.

사람들의 삶 속에서 다른 사람들과 건강한 관계를 맺는 것은 매우 중요합니다. 그러나 이 건강한 관계는 자신을 희생하고 다른 사람의 기대에 맞춤으로써 이루어지는 것이 아닙니다. 오히려 자기 삶의 주인이 되어 나름대로 멋진 모습을 창조해 갈 때 다른 사람들과 더불어 조화를 이루며 화합하는 건강한 관계를 가꿀 수 있습니다. 다른 사람의 기대를 충족시키고 다른 사람을 즐겁게 하기 위해 자신을 하나의 물건이나 도구처럼 다루는 일이야말로 진정한 자신으로부터 멀어지게 할 뿐 아니라 주위의 소중한 사람들을 잃게 만드는 어리석은 방법입니다.

'희생'은 반드시 대가를 요구합니다. 희생은 일종의 빼앗김이기 때문에 반드시 그 빼앗김을 상쇄할 수 있는 값을 받아 내려고 합니다. '내가 너를 위해 이만큼 희생했으니 너도 나를 위해 이정도 일쯤은 해 줘야지.' 하는 식으로 작동한다는 말이지요. 만일 일찍이 남편을 잃고 홀로 자식을 키워 온 어머니가 '내가 어떻게 자식들을 키웠는데 자식들이 나한테 이렇게 소홀할 수가 있느냐.' 라며 불평불만과 분노로 가득한 말년을 보내고 있다고 합시다. 이 어머니는 스스로 자신의 인생을 망치고 또 자식을 잃는 바보 같은 짓을 하고 있는 셈입니다. 아무리 자발적이라 할지라도 대인관계에서 다른 이들의 기대에 맞추기 위해 자신을 억누르는 희생은 결코 바람직하지 않습니다.

✉ 평소 주변으로부터 존경받는 P 교수는 연구와 교육에만 전념하고 보직에는 관심조차 보이지 않았습니다. 그러던 그가 갑자기 교무처장이라는 중요 보직을 맡게 되었습니다. 대학이 여러 가지로 어려운 처지에 있고 교무처장이라는 중책을 맡길 만한 다른 사람이 없다는 총장과 동료 교수들의 간절한 권유를 뿌리치기 어려웠던 거지요. P 교수가 보직을 맡고 나니 여기저기서 다양한 요구들이 올라오기 시작했습니다. 그중에서도 절친하게 지내는 동료 교수들의 요구가 많았는데요, 개중에는 쉽게 결정하기 어려운 사안들도 있었습니다. 그중에서 T 학과에 대한 동료 교수들의 문제 제기는 P 교수의 골치를 아프게 할 정도로 집요했습니다. 평소 T 학과에 대해 큰 불만을 느끼지 못한 데다 T 학과 교수들과도 친하게 지내던 P 교수로서는 여간 곤란한 일이 아니었습니다. 하지만 반복되는 동

료 교수들의 주장과 요구에 떠밀려 결국 P 교수는 자신이 '총대를 매겠다'는 결심을 합니다. 절친한 동료들의 기대를 맞추기 위해 희생을 각오한 거지요. 그리하여 P 교수는 동료 교수들이 문제라고 지적하던 T 학과의 사안들에 대해서 손을 대기 시작했습니다. 처음에는 T 학과의 교수들에게 미안한 생각이 들었지만 문제를 파헤치다 보니 자신이 하는 일이 명분이 뚜렷하고 정당하다는 확신이 점점 강해졌습니다. 나중에는 일종의 사명감까지 느끼게 되었습니다. 그리하여 P 교수는 다방면

으로 T 학과를 압박하는 정책을 펴기 시작했습니다. P 교수는 T 학과의 입장을 존중하며 최선을 다했다고 말했지만 T 학과 교수들은 반발하며 한 사람씩 P 교수와 적이 되어 갔습니다. 결국 T 학과 교수들 모두가 P 교수에게 등을 돌리게 되었고, P 교수가 T 학과를 죽이기 위한 음모의 앞잡이가 되었다고 믿게 되었습니다. 이때부터 P 교수와 T 학과 교수들은 마주치면 서로 인사도 나누지 않고 돌아서면 욕을 하는 불편한 사이가 되고 말았지요. 요즘 P 교수는 T 학과 교수들을 볼 때마다 미안하기도 하고 무섭기도 합니다. 그럴수록 자신이 한 일이 정당했다고 되뇌어 보지만 마음 한 켠에서는 자괴감이 밀려옵니다. 자신이 원하지도 않던 자리를 맡는 바람에 지금까지 쌓아 온 평판이나 인간관계를 다 망가뜨렸다는 생각이 들어 한없이 괴롭기만 합니다. 보직을 맡게 하고 또 이런 역할을 강요한 동료 교수들에게 화가 치밀기도 하고요. 진실로 자신이 원하던 교수 생활은 이런 것이 아니었거든요.

이렇듯 자기주도성은 알게 모르게 다양한 원인에 의해 움츠러들고 찌그러지고 뒤틀릴 때가 있습니다. 자기 인생의 주인공이 되어 당당하고 자유롭게 사는 일은 멀게 느껴지기만 합니다. 일찌감치 조건화되고, 당위적 사고에 시달리고, 또한 자신을 희생해서라도 다른 사람의 기대를 충족시키며 사는 삶 속에는 한결 같이 '자기 자신'이 빠져 있습니다. 자기 자신이 아니라 외부에서 설정한 규칙이, 사회의 규범이, 그리고 다른 사람들의 욕구와 기대가 자신의 인생을 대신 살아 주고 있는 것이지요. 이렇게 살다 보면 정말 자신이 누구인지, 자신이 무엇을 좋아하고 싫어하는지, 자신의 인생이 어떤 가치가 있는지 알 수 없는 상태에 빠지게 됩니다. 이 상태를 학자들은 '자아정체의 위기' 내지는 '자아실종'이라고 표현합니다. 진정한 자신을 회복한다는 것은 바로 이런 갖가지 구속들로부터 자유롭게 된다는 뜻입니다. 수용은 이 구속 상태에 있는 사람들로 하여금 조금씩 진정한 자신의 모습을 찾아가도록 도와줍니다. 수용은 먼저 아무리 움츠러들고 찌그러지고 뒤틀려 있을지언정 상대방에게 자기주도성을 향한 강한 열망과 역량이 존재한다는 사실을 받아들이는 일에서 시작합니다. 그리고 상대방이 서서히 자기주도성을 향한 움직임을 보일 때, 아무런 제동을 걸지 않은 채 마음껏 그 체험을 누리도록 도와줍니다. 이 과정에서 주의할 것은 자기주도성이 현저하게 억압된 지금의 상태가 틀렸다거나 잘못되었다는 신호를 보내지 말아야 한다는 점입니다. 자칫 잘못하면 이 신호가 또 상대방의 자기주도성을 방해하는 요소로 작용할 가능성이 있기 때문입니다. 앞에서 지속성에 대해 이야기했듯이 상대방의 지금 상태는 그 자체로 존중받아야 할 가치가 있습니다. 여기서 벗어나서 새로운 길을 가는 것 역시 상대방이 자기주도적으로 결정해야 할 사항입니다.

●● 생 각

　　　　　　개체의 정신적 속성을 대표하는 것 중 하나
가 생각입니다. 여기서 생각은 지적 특징 전반을 일컫습니다. 그
러니까 지각, 기억, 상상, 개념, 판단, 추리, 사고, 신념, 해석, 평
가 등을 모두 포함한다고 보시면 됩니다. 그렇다면 생각을 수용
한다는 것은 무슨 뜻일까요? 기억을 예로 들어 봅시다.

　기억은 이전의 경험을 의식 속에 간직하거나 생각해 내는 현
상을 말합니다. 그런데 사람들이 간직하고 있는 경험의 내용은
실제로 일어났던 사실과 다른 경우가 종종 있습니다. 사실과 다
르게 기억하고 있는 거지요. 똑같은 일을 경험하고도 서로 다른
경험을 보고하는 사람들을 보면 사실과 기억이 상당히 다를 수
있다는 점을 알게 됩니다. 이런 현상은 뇌의 유연성에서 비롯된
다고 합니다. 뇌과학자들은 사람들이 일어난 사실을 있는 그대
로 기억하지 않고 자기 편의에 따라 편집하고 재구성한다고 말
합니다. 자, 그렇다면 실제로 일어난 사실이 중요할까요, 아니면
일어났다고 믿는 기억이 중요할까요? 상대방을 수용할 때 우리
는 실제 사실과 기억 중 어느 것에 비중을 두어야 할까요? 여기
까지 오니까 정신분석학자 프로이트(Freud)가 생각납니다. 프로
이트는 유명한 성이론을 구성했는데요. 그의 성이론은 상담을

수용 38

받으러 온 청담자들이 보고한 유아기 때 성경험에 기반을 두고 있습니다. 그러니까 청담자들이 보고한 유아기의 성경험 사례가 이론 구성의 토대가 된 것이지요. 그런데 한 짓궂은 학자가 프로이트가 상담했던 청담자들을 만나 그들이 경험했다고 말하는 유아기 때 성경험이 정말 실제로 있었는지 검증하는 연구를 수행했습니다. 연구 결과, 내담자들이 보고한 유아기 때 성경험은 대부분 실제로 일어나지 않았다고 합니다. 성이론이 무너질 궁지에 몰린 이 상황에서 프로이트는 어떻게 대응했을까요? "실제로 일어난 사실은 그다지 중요하지 않습니다. 그런 일이 있었다고 믿는 마음, 그것이 중요합니다." 프로이트는 이런 식으로 대답하고 위기를 빠져나갔다고 합니다. 오늘 우리도 프로이트와 똑같은 대답을 할 수밖에 없을 것 같습니다. 오늘 우리의 삶에 크게 영향을 미치는 것은 기억이므로 사실 여부를 떠나서 상대방이 기억하고 있는 바를 그대로 받아들여 줄 수 있어야 합니다. 과거에 경험한 사실과 그에 대한 기억 사이에 불일치가 너무 커서 여러 가지 문제가 일어날 때 이 불일치를 해소하도록 돕는 일도 일단은 상대방이 기억하고 있는 경험을 받아들이는 데서부터 시작하는 편이 좋습니다.

상대방이 거짓말을 하고 있다는 사실을 뻔히 알고 있을 때는 어떻게 할까요? 거짓말을 하고 있다는 사실을 드러내 직면시키는 게 나을까요, 아니면 그대로 받아들이는 게 나을까요? 상담에서 수용은 거짓말까지도 그대로 받아들이라고 합니다. 상대방이 내 앞에서 거짓말을 하고 있다면 그렇게 하는 것이 좋다는 나름대로의 판단이 있었을 텐데요, 그런 판단까지 수용하라는 거지요. 흔히 '사람을 전체로 수용하라' 는 말을 합니다. 전체라는 말은 모든 것을 포함한다는 뜻인데요, 진실된 부분만 수용하고 거짓된 부분을 거부한다면 이것은 사람을 전체로 수용하는 것이 되지 못합니다. 거짓말을 하는 지금 그 모습, 그리고 거짓을 말하기로 결심한 그의 판단과 상황 모두를 받아들일 때 수용은 전체적일 수 있습니다. 사실 따지고 보면 상대방이 거짓말을 하는 그 부분이 바로 수용되는 경험이 필요한 어두운 부분입니다. 뭔가 숨기고 싶고 문제가 있으니 거짓말로 덮으려 하는 것일 테니까요. 이 부분이 수용에 의해 받아들여지면 상대방도 더 이상 숨기고 덮을 필요를 느끼지 못하게 됩니다. 그때 상대방도 그만큼 성장하는 거겠지요. 이런 점에서 상담에서의 대화는 진실과 거짓을 가리는 수사관의 대화와 다릅니다. 상담에서는 진실과 거짓을 가리는 일보다 상처 난 마음을 어루만지고 쓰다듬는 일이 더 중요하기 때문입니다.

어느 마을에 한 젊은 수행승이 살고 있었습니다. 수려한 인물과 뛰어난 덕행 때문에 마을 사람들은 그를 존경하고 자랑스러워했습니다. 그런데 어느 날 모든 것이 바뀌었습니다. 나이 어린 한 처녀가 임신을 했는데 그 처녀는 아기 아버지가 젊은 수행승이라고 거짓 고백을 했습니다. 수행승에게 깊은 배신감을 느낀 마을 사람들은 그가 머물던 암자를 불태워 버렸습니다. 처녀가 아이를 낳자 처녀의 아버지는 "이 애는 당신 자식이니 당신이 책임을 지고 키우시오."라고 말하며 수행승에게 갓난아기를 던지듯 떠넘겼습니다. 그러나 수행승은 담담했습니다. "그렇습니까? 이 아기가 내 자식입니까?" 하고 아이를 받아 든 수행승은 주변의 시선은 아랑곳하지 않고 아기 돌보는 일에 열중했습니다. 파렴치하다고 낙인찍힌 수행승이 일정한 거처도 없이 갓난아기를 보살피는 일은 보통 힘든 일이 아니었습니다. 그래도 수행승은 집집마다 찾아다니며 젖을 구해 열심히 아기를 보살폈습니다. 그러던 어느 날 수행승이 처녀의 집에 도착했습니다. 그리고 문밖에 서서 "나는 큰 죄인이니 나에게는 아무것도 주지 마십시오. 하지만 이 갓난아기는 죄인이 아닙니다. 이 아이에게 젖을 주면 정말 고맙겠습니다." 라고 말했습니다. 아기의 울음소리를 들은 처녀의 가슴은 찢어질 듯 아팠습니다. 결국 처녀는 아버지에게 아기의 진짜 아버지가 수행승이 아니라는 사실을 고백했습니다. 마을 사람들은 이전보다 더 수행승을 존경하게 되었습니다. 그리고 그의 발 앞에 엎드려 용서를 구했습니다. 처녀의 아버지도 눈물을 흘리며 수행승에게 잘못을 빌었습니다. 그리고 이렇게 말

거짓말을 하는 지금 그 모습, 그리고 거짓을 말하기로 결심한
그의 판단과 상황 모두를 받아들일 때 수용은 전체적일 수 있습니다.

했습니다. "스님은 그때 왜 아니라고 말하지 않았습니까? 아기는 당신의 자식이 아니지 않습니까?" 이에 수행승이 아기를 내어 주며 대답했습니다. "그렇습니까? 이 아기가 내 자식이 아닙니까?"

생각을 수용할 때 특히 신경 써야 할 부분은 다름과 차이에 대한 존중입니다. 다른 사람의 생각을 쉽사리 수용할 수 없을 때 그 이유를 곰곰이 따져 보면 결국 그의 생각이 '나'의 생각과 다르기 때문입니다. 그런데 이 '다른 것'을 '틀린 것'으로 간주하면 좀처럼 받아들이기가 어렵습니다. 나와 얼굴이 다른 사람을 만났을 때 우리는 '그 사람의 얼굴이 틀렸다'고 말하지 않습니다. 그냥 '나와 얼굴이 다르게 생겼구나.' 하고 인정하고 존중할 따름입니다. 그런데 생각에 대해서는 그렇지 않습니다. 상대방의 생각이 나와 다르면 어색하고 이상하게 느낄 뿐 아니라 그 '틀린' 생각을 나와 같은 것으로 만들려고 애를 씁니다. 그리하여 상대방을 달래고, 설득하고, 협박하고, 심지어 비난하기까지 합니다. 나의 생각을 '기준'으로 삼는 한 이런 행동은 그치지 않을 겁니다.

요즘 주변에서 '틀리다'는 말이 참 많이 듣게 됩니다. 이를테면, '벽지 색깔이 다르다'고 말해야 할 것을 '벽지 색깔이 틀리다'고 말하는 식입니다. '다르다'는 말을 써야 하는 상황인데도 굳이 '틀리다'고 말하는 걸 보면서 다름을 쉽게 받아들이지 못하는 태도가 이 같은 언어 현상을 일으킬 수도 있겠다는 생각을 해 봅니다.

✉ 얼마 전 일본에서 대지진과 쓰나미가 닥쳐 수만 명이 넘는 사상자가 발생했습니다. 이 사건에 대해 한국의 연예인들이 보인 반응에서 큰 차이를 발견할 수 있습니다. 일본에서 욘사마로 불리는 배우 배용준 씨는 일본 국민의 아픔을 위로하기 위해 성금으로 10억이라는 돈을 기부했다고 합니다. 한편 '독도는 우리 땅'이라는 사실을 줄기차게 주장해 온 가수 김장훈 씨는 성금 기부를 거부했다고 합니다. 마음은 솟구치지만 신중하게 생각한 결과 기부를 안 하기로 했다고 합니다.

똑같은 사건을 두고 두 사람은 아주 다르게 생각하고 다르게 대응하고 있습니다. 두 사람의 이런 다름은 그냥 차이일 따름입니다. 어느 한 사람의 생각이 옳다고 말할 절대적인 기준이 없기 때문입니다. 그런데 어느 한쪽에 서서 다른 쪽이 틀렸다고 주장하고 그것도 모자라 비난과 욕설을 쏟아 낸다면 참 어리석은 짓입니다. 우리 사회에는 이런 일이 너무 자주 일어나는 듯해서 안타까울 따름입니다.

상대방의 생각이 틀린 것이 아니라 나와 다르다는 것을 받아들이면 그에 대한 나의 대응 방식도 달라질 수밖에 없습니다. 그러니까 상대방을 변화시키고 교정하려는 방향에서 상대방의 생각을 따라가고 이해하는 쪽으로 방향을 바꾸게 되는 거지요. 갈등과 긴장 대신 화해와 평화를 추구하는 쪽으로 길이 바뀌는 것이고요.

아주 오래전에 제가 상담을 했던 강박증으로 고생을 하던 한 청담자에 대한 이야기를 해 보겠습니다.

✉ 철호 씨는 길가에 있는 간판을 모두 읽어야 직성이 풀리는 특이한 습관을 가졌습니다. 그는 일종의 완벽증에 시달리고 있었습니다. 그의 생각을 요약하면 이렇습니다. '나는 완벽한 사람이야. 완벽한 사람이 무엇인가를 빠뜨리고 실수를 해서는 곤란하지. 그러므로 내 눈에 들어오는 것은 무엇이든지 확실하게 보아야 해. 길가에 서 있는 간판 글도 마찬가지야. 하나도 빼놓지 말고 다 읽어야 해. 만일 읽지 못하고 지나가게 되면 그건 나다운 일이 아니야.' 문제는 버스를 타고 지나갈 때입니다. 버스의 속도가 빨라지면, 길가에 있는 간판을 모두 읽어 낼 수가 없습니다. 이렇게 읽지 못하고 스쳐 지나간 간판이 생기면 철호 씨는 자신을 비난하느라 지옥 같은 하루를 보냅니다. 정말 황당하지요? 그런데도 철호 씨는 이 생각을 버리지 못하고 계속 집착합니다. 처음에 저는 '황당한' 철호 씨의

수용은 상대방이 자기 마음대로 생각을 전개할 수 있도록
그냥 바라봐 주는 것만으로도 충분합니다.

생각이 잘못되었음을 증명하고 이를 바꾸기 위해 이런저런 전략을 사용했습니다. 하지만 이런 전략들이 별로 효과가 없어서 생각을 바꿨습니다. 철호 씨의 생각을 있는 그대로 받아들여 주기 시작한 거지요. 그리고 한술 더 떠서 철호 씨가 빠져 있는 생각의 흐름에 충실하도록 옆에서 도움을 주었습니다. 그랬더니 놀랍게도 철호 씨 스스로 자신의 '황당한' 생각을 포기하는 신기한 일이 벌어졌습니다.

구체적으로 제가 어떻게 했냐고요? 일단, 철호 씨의 생각이 '황당한' 게 아니라 철호 씨 스스로에게 특별한 의미가 있을 거라는 점을 받아들였습니다. 철호 씨에게 필요한 게 아니라면 그 생각이 일어날 리가 없기 때문입니다. 그리고 읽지 못하고 스쳐 간 간판 글이 궁금해서 괴롭다면 간판이 있던 자리로 돌아가 그 내용을 확인하는 방법을 쓸 수도 있다고 말해 주었습니다. 제 말을 듣고 그럴싸하다고 느낀 철호 씨는 실제 행동으로 옮기기 시작했습니다. 그런데 실행을 해 보니 이게 장난이 아닙니다. 읽지 못하고 지나간 간판 글이 한두 개가 아니어서 버스를 타고 다시 돌아가는 데 드는 시간과 차비가 만만치 않았습니다. 하루 종일 전쟁 치르듯 이 일을 하고 나면 몸이 물먹은 솜방망이처럼 피곤해져서 만사가 귀찮아졌습니다. 마침내 철호 씨는 '별 소득이 없는' 간판 읽는 행동을 포기하고 앞으로는 그 같은 '황당한 생각'

에 시달리지 않겠다는 결단을 내렸습니다.

철호 씨가 생각을 바꾼 원인은 두 가지로 압축해 볼 수 있습니다. 자기 생각이 있는 그대로 수용되는 경험과 아무런 제약 없이 자기 생각의 타당성을 실생활에서 검증해 볼 기회를 가졌다는 것입니다. 두 번째 원인이 '황당한' 생각을 중단하게 한 결정적 계기가 되었다면, 이를 가능하게 한 토대가 바로 첫 번째 원인입니다. 사실 '눈에 띄는 간판 글을 모두 읽어야겠다'는 생각은 철호 씨 본인에게도 너무나 우습고 황당하게 여겨졌습니다. 그래서 철호 씨는 늘 그 생각을 불편하게 여기고 그 생각에 푹 젖어 볼 기회를 갖지 못했습니다. 그 생각이 들기만 하면 머릿속에서 털어내려고 안간힘을 쓰느라 그 생각의 존재를 충분히 인정하고 끌어안지 못했던 거지요. 그런데 상담자를 만나서 자신의 내부에서 솟아나는 그 생각이 나름대로 존재의 의미가 있다는 점을 받아들이게 되고, 한발 더 나아가 그 생각을 자신의 것으로 접하고 품어 보는 경험을 한 겁니다. 철호 씨가 이렇게 자신의 생각에 관심을 기울이기 시작하자 충분한 관심을 받은 그 생각은 자신의 역할을 다하고 서서히 힘을 잃어 갔습니다. 결국 현실 검증의 과정을 거치며 그 생각은 자연스럽게 뒤로 물러나게 되었습니다. 철호 씨가 이렇게 할 수 있었던 데는 상담자가 철호 씨의 생각을 황당한 것, 잘못된 것, 틀린 것이라고 평가하지 않고 철호 씨의 생각이니까 그 자체로 소중하게 받아들이고 인정한 것이 큰 역할을 했다고 여겨집니다. 상담자라면 그렇게 생각하지 않겠지만 나름대로 고유한 삶을 살아온 철호 씨니까 그렇게 생각할 수 있다는 사실을 받아주었던 거지요. 만일, 상담자가 철호 씨를 자기와 다른 사람으로 인정하지 않고, 생각의 차이를 수용하면서 그 생각의 흐름을 따라가지 않았더라면 이런 결과는 얻기 어려웠을 것입니다.

이렇게 이야기하다 보니까 문득 생각과 관련하여 '공감적 이해'와 '수용'이 어떻게 다른 것인지 저 자신도 궁금해집니다. 앞에서 상대방의 생각을 수용하려는 사람의 대응 방식을 '상대방의 생각을 따라가고 이해한다'고 표현했는데 '따라가고 이해한다'는 것이 얼핏 공감적 이해와 중첩될 수 있겠다는 생각이 들었습니다. 그래서 잠깐이나마 이 둘의 차이를 살펴보고 가는 것이 좋을 듯합니다.

공감적 이해는 상대방의 생각을 상대방처럼 이해하고 하나의 띠로 연결된 공감대를 형성하는 것이 목적입니다. 따라서 자신의 생각을 내려놓은 채 상대방의 내면 깊숙이 뛰어들어 상대방이 전개하는 생각의 전체적인 과정에 함께 참여하려고 합니다. 반면, 수용은 상대방의 생각이 자신의 생각과 다르다는 사실을 받아들이고 그가 그렇게 생각할 수 있는 자유와 권리를 존중해주는 것이 목적입니다. 그러니까 상대방의 생각을 따라가고 이해하려고 하지만 굳이 그와 하나 되는 경험을 하려고 애쓰지 않습니다. 따라서 상대방이 자기 마음대로 생각을 전개할 수 있도록 그냥 바라봐 주는 것만으로도 충분합니다. 다시 말해, 자신의 생각을 내려놓거나 상대방의 생각 속으로 뛰어들지 않아도 된다는 말이지요. 좀 거칠게 말하면 '이해 없는 수용'도 가능합니다. 그러니까 상대방의 생각이 전혀 이해되지 않아도 '그럴 수 있겠다'고 받아들이는 일이 충분히 가능하다는 말입니다. 앞의 예에서 보듯, 철호 씨의 생각을 이해하는 일과 그의 생각을 수용하는 일이 반드시 하나로 연결되어 있는 것은 아닙니다. 수행승의 경우도 마찬가지입니다. 이렇게 보면, 생각과 관련시켜 볼 때, 수용은 공감적 이해를 포함하는 보다 큰 개념이라고 말할 수 있습니다. 그러니까 공감적 이해는 수용의 특별한 한 형태로서 수용을 적극적으로 실현해 가는 하나의 통로라고 말할 수 있겠네요.

●● 감 정

　　　　개체의 정신적 속성 중에서 우리가 가장 가깝게 느끼는 것이 감정입니다. 감정이야말로 우리 삶에 색깔을 입히고 무미건조한 삶을 흥미진진하게 만드는 원천이기 때문입니다. 감정이 메마른 사람을 흔히 로봇이나 기계에 비유하는 것은 사람을 사람답게 만드는 핵심 요인이 감정에 있다고 보기 때문이겠지요. 이렇게 감정은 우리가 가진 사람다운 모습을 이끌어 낼 뿐 아니라 우리 삶을 이끌어 가는 에너지이기도 합니다. 기쁜 일이 생기면 뛸 듯이 힘이 솟구치고 슬픈 일이 생기면 어깨에 힘이 쑥 빠집니다. 화가 치솟으면 분풀이를 하려고 씩씩거리며 분주해집니다. 감정은 이렇게 우리를 움직여 행동을 일으키

는 강한 힘을 가지고 있습니다. 생각이 우리 삶의 방향을 정해 주는 핸들이라면 감정은 그 방향으로 우리를 움직이게 하는 동력이요 엔진이라고 말할 수 있지요. 그리하여 감정은 우리 삶의 질을 결정합니다. 우리 삶이 얼마나 열정적인지, 얼마나 풍요로운지, 얼마나 다채로운지 하는 것이 모두 감정에 달려 있습니다. 심지어 우리가 추구하는 행복도 감정에 달려 있습니다. '기분 좋은 감정(느낌)'이 바로 행복이니까요. 사람을 죽음으로 내모는 우울증에는 바로 '이 기분 좋은 감정'이 빠져 있습니다.

그렇다면 감정을 수용한다는 것은 구체적으로 무엇을 받아들이는 것일까요? 무엇보다도 상대방이 자기 감정의 주인이요, 자기 감정의 전문가라는 사실을 받아들이는 겁니다. 자기 감정의 주인이라는 말은 감정을 만들어 내고, 그 감정에 젖고, 그 감정을 지속시키는 주체가 바로 자기 자신이라는 말입니다. 여기에는 좋은 감정, 나쁜 감정의 차이가 없습니다. 아무리 부정적인 감정일지라도 예외가 아닙니다. 슬픔에 빠져 있을 때 그 슬픔은 남이 아니라 자기 자신이 만들어 낸 것입니다. 물론 상황이나 환경이 슬픔이라는 감정을 일으키는 데 여러 가지 역할을 합니다만, 최종적으로 슬픔이라는 감정을 일으킨 사람은 바로 자기 자신입니다. 따라서 상대방이 자기 감정의 주인임을 받아들인다는 것은 현재 상대방이 느끼는 감정이 상대방 스스로 만들어 낸 것으로서 소중한 가치가 있음을 인정한다는 뜻입니다.

✉ 봄이 오고 꽃이 필 때가 되면 영란 씨는 어김없이 왠지 모를 서러움에 사로잡힙니다. 괜히 마음이 울적해지고 쓸쓸해져서 자기도 모르게 눈물을 흘리곤 합니다. 떠들썩하게 사람들과 어울려 놀 때는 잘 모르겠는데 혼자 있으면 어느새 외로움이 느껴지고 마음이 텅빈 듯 허전합니다. 그래서 영란 씨는 봄을 기다리면서도 봄이 두렵습니다.

✉ 봄이 오고 꽃이 필 때가 되면 정란 씨는 어김없이 마음이 들뜹니다. 괜히 마음이 울렁거리고 기분이 들떠서 집 안에 머물러 있을 수가 없습니다. 봄바람이 그렇게 좋을 수가 없고 꽃과 나비가 그렇게 아름다울 수가 없습니다. 그래서 들로 산으로 돌아다니기 바쁩니다. 그래서 정란 씨는 늘 큰 기대를 하면서 봄을 기다립니다.

같은 봄인데도 영란 씨와 정란 씨는 전혀 다른 감정 반응을 보입니다. 두 사람 다 이런 감정이 왜 드는지 정확한 이유를 모르고 다만 봄이 오면 으레 그렇다고 생각할 따름입니다. 봄이라는 계절이 마음을 허전하게 하고 또 들뜨게 한다고 믿는 거지요. 그러나 같은 봄이 이렇게 전혀 다른 감정을 일으키는 것을 보면 봄이라는 계절 자체가 사람의 감정을 좌우하는 환경이 아니라는 점이 분명합니다. 봄이 이들의 감정에 영향을 주는 것은 사실이

감정에 관한 한 모든 사람은 자신의 감정에 대한 전문가입니다.
아무도 자신만큼 자신의 감정을 잘 아는 사람은 없습니다.

지만, 영란 씨가 허전함을 느끼고 정란 씨가 들뜨는 것은 바로 영란 씨와 정란 씨에게 달려 있습니다. 아마도 이들이 살아온 그동안의 삶이 봄이 오면 그런 감정을 느끼게 했을 테고, 이들은 자신도 모르는 사이에 봄이라는 계절과 그런 감정들을 강하게 연결시켜 놓았을 것입니다.

자, 이제 봄이면 왠지 모를 서러움에 시달리는 영란 씨의 감정을 수용해 봅시다. 어떻게 해야 할까요? 우선 영란 씨가 느끼는 서러움이나 허전함이 나쁘거나 잘못된 감정이 아니라는 점을 분명히 해야 합니다. 나쁜 감정, 잘못된 감정은 없습니다. 감정은 그냥 감정일 따름입니다. 그리고 속에서 우러나는 감정은 자기에게 어떤 메시지를 보내는 것이라는 점에서 그 자체로 가치가 있습니다. 결국 영란 씨의 서러움과 허전함은 지금 영란 씨의 모습을 있는 그대로 잘 드러내고 표현하는 감정입니다. 그러니까 영란 씨에게 봄인데 왜 그런 감정을 느끼느냐고 나무랄 필요도, 기분을 바꾸라고 강요할 필요도 없습니다. 이런 행동은 모두 영란 씨에게 '당신이 느끼는 감정은 문제가 있으니 달리 느끼도록 하라' 는 강한 부정적 메시지를 전달하는 것으로 영란 씨의 감정으로부터 영란 씨를 소외시킬 따름입니다. 게다가 영란 씨로부터 자기 감정의 주인 자격을 박탈하는 무례한 짓이기도 합니다. 그럼 어떻게 하냐고요? 그냥 영란 씨가 그 감정을 아무런 판단 없이 자신의 것으로 받아들이고 푸욱 젖어 볼 기회를 갖도록 도와주면 됩니다. 자신의 일부인 감정을 자신의 것으로 제대로 충실하게 누릴 수 있도록 돕는 거지요. 영란 씨 스스로 봄이면 찾아오는 자기 감정을 깊이 누리다 보면 무언가 새로운 결과가 나올지도 모릅니다. 적어도 자기 감정의 주인이 되었으니 이전처럼 봄 탓만 하고 있지는 않겠지요.

상대방이 자기 감정의 전문가라는 사실을 받아들이는 것 역시 감정의 수용에서 중요합니다. 감정에 관한 한 모든 사람은 자신의 감정에 대한 전문가입니다. 아무도 자기 자신만큼 자신의 감정을 잘 아는 사람은 없습니다. 그러므로 자신의 감정을 어떻게 대할지 결정하고 감정을 다루는 구체적인 방법을 찾아가는 일 역시 자기 자신이 주도해야 합니다. 그래야 자기 감정의 주인으로서 자기 감정에 어울리는 대접을 제대로 할 수 있습니다.

상대방이 자기 감정의 전문가라는 점을 인정한다면 섣불리 상대방의 감정에 참견하고 개입하는 일을 삼가야 합니다. 상대방이 느끼는 감정을 좋다 나쁘다 평가하는 일도, 감정을 바꾸기 위해 이렇게 저렇게 해 보라고 제안하는 일도 가능한 한 하지 않는 것이 좋습니다. 섣불리 이렇게 하다가는 무례하고 건방진 사람이라는 인상을 심어 줄 뿐 아니라 상대방의 자존심을 건드려서 관계를 악화시키기 쉽습니다. 그래서 감정에 대해서는 설사 상대방이 강하게 요구하더라도 이렇게 저렇게 해 보라는 구체적인 처방전을 주지 않는 편이 낫습니다. 그 대신 상대방이 나름대로 이런저런 방법을 써 보며 자기 감정을 추스르는 방법을 찾도록 옆에서 들어주고 지켜보는 일에만 집중하면 됩니다.

✉ 상태 씨는 요즘 마음에 갈피를 잡지 못하고 혼란스러운 상황입니다. 대학교 4학년이 되면서 임용고시에 대비해야 한다는 생각이 들어 굳게 마음을 먹고 그동안 캠퍼스 커플로 사귀던 여자 친구에게 이별을 선언했습니다. 처음에는 공부가 잘 되는 듯 했습니다. 그런데 곧 사단이 터졌습니다. 사귀던 여자 친구가 다른 남학생과 사귄다는 소문이 들려오고 캠퍼스에서 그 둘이 연인이 되어 다정하게 지내는 것을 목격하자 마음이 흔들리고 도대체 공부를 할 수가 없었습니다. 괜히 화가 났다가 우울해졌다가 감정이 요동을 치고, 뭔가 억울한 일을 당한 듯 가슴이 답답하기 그지없었습니다. 그래서 친하게 지내는 친구들과 선배들에게 사정을 털어놓았습니다. 친구와 선배들은 상태 씨에게 자기 경험을 곁들이며 이런저런 처방전을 주었습니다. 그런데 이 처방전들이 고맙기는 했지만 상태 씨의 마음은 좀처럼 움직이지 않았습니다. 그리고 그들의 경험이 상태 씨 자신의 경험과는 어딘가 다른 것 같고, 때로는 그들이 자신의 심정을 잘 이해하지 못한다는 생각이 들기도 했습니다. 한번은 술자리에서 "앞으로도 만날 여자는 많아. 까짓 여자 하나 땜에 감정을 이리저리 흘리고 다니냐."라고 말하는

선배와 시비가 붙기도 했습니다. 상태 씨는 괜히 이 사람 저 사람 붙들고 자기 속내를 드러냈다는 게 후회가 됩니다.

　앞에서 감정은 에너지라고 말했습니다. 그런데 이 감정 에너지가 폭발할 때는 다른 것들이 들어올 여지가 없습니다. 오로지 폭발하는 감정 자체에 빠져들어 이를 발산하기에 바쁩니다. 지금 상태 씨가 그런 상태입니다. 어떤 사람이 아무리 좋은 말을 해도 상태 씨 귀는 열리지 않습니다. 이런 상황에서 상태 씨를 돕는 가장 좋은 방법은 갈피를 잡지 못하는 그의 마음을 있는 그대로 읽고 들어 주는 것입니다. 상태 씨와 시비가 붙은 선배도 좋은 의도로 상태 씨에게 감정 관리를 잘 하라는 충고를 했던 겁니다. 그러나 현재 상태 씨에게 이런 충고는 소 귀에 경 읽기일 뿐 아니라 그의 자존심을 심하게 무너뜨리는 비수가 될 따름입니다. 에너지가 다 폭발하고 나면 정적이 오듯, 감정 에너지도 다 쏟아 내고 나면 차분히 가라앉습니다. 이렇게 감정이 폭발하고 차분히 가라앉았을 때 상태 씨는 자신의 감정을 찬찬히 들여다보면서 나름대로 갈무리하고 앞으로 나아갈 길을 찾아갈 수 있을 겁니다. 감정을 쏟아 내고, 관찰하고, 갈무리하고, 새 길을 찾는 일은 자기 감정을 가장 잘 아는 자신이 주도해 가는 것이 가장 좋습니다. 다른 사람들은 이 과정이 진행되는 동안 옆에서 마음으로 함께 해 주면 그것으로 충분합니다. 상대방의 감정에 끼어들어 '감 놔라 배 놔라' 하는 일이 바람직하지 못하다고 말하는 이유가 여기에 있습니다.

다른 사람의 감정을 수용할 때 그 사람이 자기 감정의 주인이요, 전문가라는 점 이외에 또 하나 수용해야 할 중요한 내용이 있습니다. 보는 각도에 따라 앞에 말한 것을 실행하는 구체적인 방법이라고 말할 수도 있겠습니다. 너무 고통스러워서 지금 현재 그 사람이 피하고 도망가려고 할 때 느끼는 바로 그 감정들입니다.

'불안' 을 예로 들어 봅시다. 불안, 특히 높은 수준의 불안은 대부분의 사람들이 피하려고 합니다. 불안이 다가오면 사람들은 그 감정을 충실히 느끼려고 하기보다 그로부터 벗어나기 위하여 몸부림을 칩니다. 불안이 다가오기도 전에 도망가기 바빠서 불안을 불안답게 느껴 보지 못하는것이지요. 그런데 이런 회피와 도피 반응이 불안 치유에는 오히려 큰 걸림돌이 됩니다. 실제 일어나는 불안보다 미리 예상하고 걱정하는 예기불안이 더 큰 문제라는 점은 이미 잘 알려진 사실입니다. 그래서 흔히 상담자들은 상담을 받는 이들에게 좀 힘들고 어렵더라도 용감하게 불안을 직면하라고 주문합니다. 불안을 자기 감정으로 접하고 소화하는 과정을 경험하라는 거지요. 이렇게 하면 재미있게도 불안이 생각보다 빠른 속도로 가라앉습니다. 의도적으로 불안을 느끼고 이를 끌어안으려고 하면 거꾸로 불안이 도망간다고나 할까요. 불안뿐만이 아닙니다. 대부분의 부정적 감정은 그 존재를 인정하고 끌어안으려는 수용적 자세를 취하면 오히려 꽁무니를 빼고 달아납니다. 따라서 자신의 고통스러운 감정에 수용적 자세를 취하는 것은 매우 현명한 전략입니다.

불안으로부터 도망가려고 할 때 느끼는 또 하나의 감정 역시 주목할 필요가 있습니다. 고통스러운 감정으로부터 피하고 도망가고 싶은 감정입니다. 불안도 자신으로부터 솟아나는 감정임에도 그 감정을 별 의미 없이 무시해 버리는 거지요. 그러니까 불안한 감정을 느끼고 또 그로부터 도망가고 싶은 감정을 느낀다면, 두 가지 감정 모두를 받아들이고 탐색할 수 있어야 합니다.

이처럼 내 부정적 감정에 충분한 관심과 주의를 기울이는 일은 바로 존재의 어두운 부분을 빛 속으로 끌어내는 것과 유사합니다. 이렇게 함으로써 긍정적인 것이건 부정적인 것이건 현재 자신이 체험하는 모든 감정이 자신에게 속하는 것들로서 귀하고 가치로운 것임을 스스로 느낄 수 있게 되는 거지요. 자신에게서 일어나는 모든 체험과 경험을 풍요롭게 누리는 것, 다시 말해 자신을 전체로 감싸 안고 사랑하는 것은 이렇게 시작되어야 합니다. 상담자 역시 상대방을 이와 같이 수용함으로써 상대방이 자신의 삶을 충실하게 누릴 수 있도록 도움을 주어야 합니다. 문제를 해결하는 방법이 아무리 훌륭하더라도 그 과정에서 자기 존재의 풍요로움을 체험하지 못한다면, 그 가치는 반감될 수밖에 없겠지요.

✉ 올레 씨는 결혼한 지 5개월째 접어드는 20대 후반의 신부입니다. 어느 날 올레 씨는 인근 대형마트에 들러 장을 보던 중 갑자기 머리가 어지럽고 속이 울렁거리고 토할 것 같고 큰 소리를 지를 것 같은 기분에 사로잡히며 아주 심한 불안을 느꼈습니다. 며칠 쉬다가 이제는 괜찮을까 싶어 친정엄마와 함께 다시 대형마트를 찾았으나 마트에 발을 들여놓자마자 엄청난 불안과 공포가 밀려와 즉시 되돌아왔습니다. 이런 일이 있은 후로 올레 씨는 대형마트는 물론이요 규모가 작은 쇼핑센

터에 가는 것도 피하게 됐습니다. 최근에는 사람들이 많이 모인 장소에도 가지 못하게 됐습니다. 심지어 버스나 전철도 타려고 하지 않습니다. 생활반경이 점점 줄어들어 걱정이 태산 같지만 밖에 나가서 겪게 될 극심한 불안과 공포를 생각하면 사람들이 모인 곳을 찾아갈 엄두가 나지 않습니다.

올레 씨가 경험하는 반응을 공황 반응이라고 하는데요, 이 공황 반응을 치유하는 지름길은 올레 씨가 처음 공황 반응을 보였던 상황을 맞닥뜨리면서 조금씩 다른 반응을 찾아가는 것입니다. 올레 씨가 만난 상담자는 올레 씨의 이야기를 듣고서는 곧바로 앞에 말한 처방을 적용했습니다. 시간이 흐름에 따라 올레 씨의 공황 반응은 서서히 사라지고 있는 중입니다. 제가 보기에 올레 씨의 감정 반응에서 올레 씨가 관심을 기울여야 할 감정은 두 종류입니다. 하나는 극심한 불안과 공포(감정 1), 다른 하나는 극심한 불안과 공포로 인해서 일어나는 도망치고 싶은 감정(감정 2)입니다. 감정 2는 감정 1과 마찬가지로 올레 씨에게 실제 일어나는 감정입니다만, 올레 씨도 상담자도 오로지 감정 1에만 초점을 맞추고 있습니다. 그리하여 감정 2가 올레 씨에게 주는 메시지나 의미는 철저하게 무시되고 있습니다. 만일, 올레 씨가 주의를 돌려 감정 2를 주시하고 접촉하려고 한다면 어떤 일이 벌어질까요? 다른 건 몰라도 올레 씨가 자신의 감정을 바라보는 안목과 감정을 누리는 방식에는 큰 차이가 생길 겁니다. 더불어 이런 태도 전환이 올레 씨로 하여금 공황 반응으로부터 벗어나는 시간을 단축시킬 수도 있습니다.

사람의 감정은 셀 수 없이 많고 그 강도도 다양합니다. 흔히 감정을 '희노애락애오욕', 즉 기쁨, 성냄, 슬픔, 즐거움, 사랑, 미움, 탐냄 등 일곱 가지로 구분하는데요, 이외에도 엄청나게 많습니다. 가장 기본적인 감정이라는 의미에서 '희노애락애오욕'을 일차적 감정이라고 말한다면 일차적 감정들의 다양한 결합에 따라 이차적 감정, 삼차적 감정이라고 분류할 수 있는 복합 감정들이 만들어집니다. 사람이 느낄 수 있는 감정들을 찾아내고 이들의 관계를 다차원으로 표시하는 작업에 열을 내는 학자들이 있다는 사실은 감정의 세계가 그리 간단하지 않다는 점을 알려 줍니다. 이런 점에서 우리는 사람들이 느낄 수 있는 감정의 스펙트럼이 매우 다양할 수 있음을 인정해야 합니다. 그리고 동일한 상황에서도 사람마다 전혀 다른 감정을 가질 수 있다는 점도 인정해야 합니다. 이렇게 할 때 다른 사람의 눈치를 보지 않은 채 자기 감정을 접하고 이를 드러내 표현하는 일이 자연스럽게 이루어질 수 있습니다. 앞에서 말한 풍요롭고 열정적이고 행복한 삶은 바로 이런 터전 위에서 꽃피울 수 있습니다.

지금까지 감정이라는 용어를 써 왔는데요, 저는 이 용어 속에 '느낌'과 '정서'를 모두 포함시켰습니다. 국어사전에 따르면 감정은 '어떤 현상이나 일에 대하여 일어나는 마음이나 느끼는 기분', 정서는 '사람의 마음에 일어나는 여러 가지 감정 또는 감정을 불러일으키는 기분이나 분위기', 느낌은 '몸의 감각이나 마음으로 느끼는 기운이나 감정'이라고 풀이되어 있어서 서로 매우 유사함을 알 수 있습니다. 행동을 불러일으키는 구체적인 반응을 감정으로 정의하고, 느낌을 보다 일반적인 감정으로, 정서를 보다 세련된 감정으로 보는 시각이 있지만 우리의 일상 용례를 보면 이 셋을 같은 것으로 묶어도 큰 무리가 없을 듯합니다.

🟢🟢 행동

개체의 정신적 속성을 밖으로 잘 드러내는 것이 행동입니다. 생각과 감정은 개인의 내부에서 진행되기 때문에 관찰이 어려운 반면, 행동은 외부 세계로 노출된다는 점 때문에 쉽게 주목을 받습니다. 행동은 그 자체가 개인의 정신적 속성을 반영하지만 동시에 눈에 보이지 않는 생각과 감정을 추론하는 근거로 활용되기도 합니다. 이런 점에서 '행동' 보다는 '행위' 라는 용어가 더 잘 어울립니다. 행동은 몸을 움직여 동작으로 하는 짓을, 행위는 사람이 의지를 가지고 하는 짓을 의미하기 때문입니다. 그러나 우리가 쓰는 일상 언어에서 행동이라는 말이 더 자주 등장하고 우리 귀에 더 친숙한 표현인만큼 이 책에서는 행위 대신 행동이라는 용어를 사용하겠습니다. 그렇다면 행동을 수용한다는 말은 무슨 뜻일까요?

상대방의 행동을 수용하는 일은 크게 두 가지로 나누어 볼 수 있습니다. 상대방이 하는 행동이 제대로 완성되도록 끝까지 지켜보기와 상대방의 부정적인 행동을 받아들이기입니다.

먼저, 상대방이 하는 행동을 끝까지 지켜보기를 살펴보겠습니다. 상대방이 하는 행동이 제대로 완성되도록 끝까지 지켜보기는 상대방의 행동에 참견과 개입을 하지 않는 것으로서 어떤 행동을 하지 못하게 가로막지 않기와 어떤 행동을 하게 강요하지 않기 등 두 종류로 다시 나눌 수 있습니다. 참견과 개입을 소극적으로 하느냐 적극적으로 하느냐의 차이라고 말할 수도 있겠네요.

어떤 행동을 하지 못하도록 가로막는 경우는 대개 그 행동을 그냥 둘 때 발생하게 될 해로운 결과를 미리 방지할 목적으로 행해집니다. 그냥 두면 좋지 않은 결과가 나올 게 뻔하니까 중간에서 행동을 멈추게 하려는 거지요. 대개 '~하지 마'라고 요구하는 행동이 이에 속할 것입니다. 이렇게 특정 행동을 멈추려는 요구는 나름대로 타당성이 있습니다. 특히 생명 보존이나 신체 보호와 관련하여 위험한 행동이라고 판단될 때면 일단 멈추게 하는 게 상책일 것입니다. 뜨거운 난로에 손을 대면 화상을 입는다는 걸 잘 아는 부모가 어린아이에게 뜨거운 난로를 만지지 말라고 말하는 것은 너무나 당연한 일입니다. 하지만 그런 게 아님에도 섣부른 판단으로 상대방의 행동을 가로막고 나선다면 그 부작용이 크게 나타날 수도 있습니다. 쓸데없이 상대방의 욕구를 좌절시키거나 행동의 자발성을 막게 될 수도 있고 서로의 관계를 해칠 수도 있습니다.

병진: 엄마, 나 오늘 학교에서 선생님한테 야단맞았어.

엄마: 뭐라고? 선생님한테 야단맞았다고?

병진: 응. 수업시간에 떠들다가 선생님한테 걸렸거든.

엄마: 뭐? 떠들다가 선생님한테 걸렸다고? 아니 임마, 수업시간에 떠들면 어떻게 해?

병진: 수업이 재미없으니까 그랬지.

엄마: 뭐야? 수업이 재미없어? 어이구…… 너 이담에 뭐가 되려고 그러냐? 수업시간에는 공부에 집중해야지!

병진: 엄만 알지도 못하면서…….

명수: 엄마, 나 오늘 학교에서 선생님한테 야단맞았어.

엄마: 뭐라고? 선생님한테 야단맞았다고?

명수: 응, 수업시간에 떠들다가 선생님한테 걸렸거든.

엄마: 그래?

명수: 이미 다 아는 거 가르치시길래 옆에 있는 재석이와 장난을 쳤거든.

엄마: 으응.

명수: 그러다 선생님한테 걸려서 싫은 소리 좀 들었지. 선생님께서 무시당한다는 생각이 들었나 봐.

엄마: 그랬구나.

명수: 그래도 내가 잘못했지. 다음에는 수업시간에 떠들지 않도록 조심해야겠어.

　똑같은 상황에 대해서 병진이 엄마와 명수 엄마는 아들들에게 전혀 다르게 반응합니다. 병진이와 명수 역시 전혀 다른 기분으로 엄마와 대화를 마무리했습니다. 병진이 엄마는 수업시간에 떠드는 아들의 행동이 잘못이라는 판단을 하고 그런 행동이 다시는 발생하지 않도록 자기 입장을 분명히 하면서 조급하게 '개입' 해 들어갔습니다. 반면, 명수 엄마는 아들의 행동이 어떻게 이어지는지 궁금증을 가지고 끝까지 들어주었습니다. 결과는 어떻습니까? 병진이는 엄마와 기분 나쁘게 대화를 끝냈을 뿐 아니라 수업시간에 보인 자신의 태도에 대해 성찰할 시간을 갖지도 못했네요. 게다가 병진이는 앞으로 이런 종류의 문제를 가지고 엄마에게 말을 붙일 가능성이 희박해졌지요. 명수는 그 반대입니다. 엄마와 즐겁게 학교에서 있었던 일들을 이야기하면서 자기 행동을 되돌아보고 알아서 상황 정리를 하는군요. 이래라 저래라 말 한마디도 없이 명수 엄마는 명수와 많은 것을 나누고 있습니다. 앞으로도 명수와 엄마는 좋은 대화상대로 남을 것입니다. 가상 시나리오라고요? 우리 일상에서 학부모들이 늘 겪는 일입니다.

언뜻 남편(부인)의 행동에 대해 바가지를 긁는 부인(남편)에게 이 원리를 적용해도 좋을 거 같다는 생각이 스칩니다. 남편이 잘 씻지 않고 지저분하다고 늘 바가지를 긁는 부인이 있다고 합시다. 남편은 아내에게 늘 바가지 좀 그만 긁으라고 불평을 합니다. 그런데 이 남편이 어느 날 돌연 태도를 바꿔 부인의 바가지 긁는 행동이 어디까지 이어지는지 받아 주기 시작하면 어떤 일이 벌어질까요? 아마도 부인은 바가지 긁는 행동이 점점 싱거워 져서 점차 빈도수를 줄이다가 마침내 멈추게 될 가능성이 높습니다. 바가지를 긁어 봤자 되돌아오는 반응이 없으니 힘이 빠지는 거지요. 그 대신 다른 문제를 찾아 바가지를 긁거나 전혀 새로운 행동을 하게 될 수도 있습니다.

어떤 행동을 하도록 강요하는 경우도 대개 좋은 의도를 가지고 시작됩니다. 흔히 교육과 훈련 또는 높은 효율성이라는 이름으로 특정한 행동을 장려하고 강요하는 거지요. 기왕에 어떤 일을 할 바에 자신이 선호하는 방식이 낫다고 판단하고 막무가내로 그쪽으로 상대방을 끌고 가는 식입니다. 상대방의 선택권과 자기결정권이 무시된다는 점에서 단순히 필요한 정보를 제공하고 뒤에서 지원하는 일과는 차이가 있습니다.

✉ 중학교 3학년인 미리는 요즘 선행 학습 때문에 숨 가쁘게 살아갑니다. 사교육을 받으며 미리 선행 학습을 해 놓지 않

으면 결코 좋은 대학에 갈 수 없다는 이야기를 들은 어머니가
영어, 수학 학원에 등록을 해 놓은 것입니다. 학원에 다니면서
부터 미리의 생활은 완전히 달라졌습니다. 아침에 일어나 새
벽에 잠들 때까지 무엇에 쫓기듯 늘 바빠졌습니다. 잠도 하루
에 다섯 시간밖에 자지 못해 피곤이 몸에 쌓여 갑니다. 공부 잘
하는 아이들은 모두 이렇게 생활한다고 하니 마지못해 따라가
기는 하는데, 사는 게 너무 힘들고 점점 공부에 재미도 떨어져

갑니다. 요즘에는 짜증이 많이 늘어났고 학원과 공부 문제로 엄마와 다투는 일도 잦아졌습니다. 학원을 그만두자니 불안하고, 계속 다니자니 너무 힘들고, 요즘 사는 게 말이 아닙니다. 선행 학습을 의식하지 않고 나름대로 계획을 세워 착실하게 공부하던 시절이 그립기만 합니다.

선행 학습에 시달리며 학원과 과외를 전전하는 한국의 거의 모든 학생이 겪고 있는 상황입니다. 우리나라와 같은 교육 환경에서 미리에게 학원에 다니라고 종용하는 엄마가 잘못되었다고 볼 수는 없습니다. 주위에서 다들 그렇게 하는데 미리 엄마라고 별 수 있겠습니까. 문제는 선행 학습에 집착하느라 딸 미리가 병들고 있다는 걸 보지 못하는 것입니다. 선행 학습을 강요하다가 오히려 미리로 하여금 공부로부터 멀어지게 만든 겁니다. 엄밀히 따지면 선행 학습을 할 것인가 말 것인가, 그리고 공부를 어떤 방식으로 할 것인가는 미리가 선택하고 결정할 일입니다. 그리고 이 선택과 결정은 언제든 미리가 다시 수정할 수 있어야 합니다. 그런데 미리 엄마는 자신의 판단을 앞세운 나머지 한 방향으로 미리를 무리하게 압박하고 있습니다. 그 대가로 미리는 선행 학습은커녕 공부를 포기하고픈 지경에 다다른 거지요. 공부를 더 잘 시키려고 한 일이 공부를 더 못하게 만드는 결과로 이끈 셈입니다. 이 같은 결과는 미리 엄마가 공부에 대한 미리의 생각과 스타일을 전혀 고려하지 않았기 때문에 일어났습니다. 하루 빨리 엄마가 생각을 고쳐먹고 공부할 권리를 미리에게 돌려주어야 상황이 개선될 수 있을 겁니다.

상대방의 행동을 수용한다고 할 때 그 대상이 되는 행동은 대개 부정적인 행동들입니다. 폭행, 공갈, 협박, 강도, 자살, 강간, 매춘, 도박, 약물 흡입, 절도, 사기 등 심각한 것에서부터 욕지거리, 폭언, 거짓말, 수업태도 불량, 빈정거리는 말 등 사소한 것에 이르기까지 부정적인 행동들은 수없이 많습니다. 그렇다면 이런 부정적인 행동을 수용한다고 할 때 행동의 어떤 측면을 받아들이는 것일까요? 이를테면 절도행동을 수용한다는 것은 절도행동을 어떻게 보아야 한다는 뜻일까요?

절도행동을 수용한다는 말은 절도행동에 동의하거나 절도행동을 격려 또는 조장한다는 뜻이 결코 아닙니다. 어떻게 보아도 절도행동 자체는 잘못된 행동이 분명합니다. 따라서 절도행동을 수용한다는 말이 절도행동 자체에 초점을 맞춘 것이 아니라는 점도 분명합니다. 그러니까 여기서 수용은 사람이 저지른 행동에 초점을 맞춘 것이 아니라는 말입니다. 그렇다면 수용의 초점은 어디에 있는 것일까요? 절도행동을 저지른 '그 사람'에게 가 있습니다. 절도행동은 비난받아 마땅하지만 절도행동을 한 사람은 수용하라는 말입니다. 정확하게 말하면 절도행동을 했다고 내치지 말고 그럼에도 불구하고 그 사람을 받아들이라는 뜻입니다. 성경에 '죄는 미워하되 죄인을 미워하지 말라' 는 말이 있습니다. 잘못된 행동과 잘못된 행동을 주도한 사람에 대한 판단을 구분하라는 뜻입니다. 왜 그렇게 해야 하는지 두 가지 이유를 들어 봅시다.

첫째, 사람은 특정 행동에 의해 판단될 수 없는 복잡하고 큰 존재입니다. 부분으로 전체를 규정할 수 없듯이 일부 잘못된 행동을 가지고 그 사람 전체를 판단하고 내치는 것은 옳지 않습니다. 어떤 사정이 있어서 절도행동을 했겠지만, 그 사람의 행동 중에는 절도행동이 아닌 것도 많을뿐더러 절도라는 개념으로 잡히지 않는 수많은 다른 행동들도 존재합니다. 그런데 절도행동을 한두 번 했다고 해서 아니 습관적으로 자주 했다고 해서 그 사람을 '도둑놈' 이라고 낙인찍고 도둑놈으로 대한다면 그 사람 입장에서는 억울하기 짝이 없을 것입니다. 그 사람이 다르게 행동할 가능성을 인정하지 않으면 그 사람이 절도행동을 멈추고 새로운 행동을 하도록 돕는 일은 처음부터 불가능해집니다.

✉ 주교님이 식탁에 앉았을 때 누군가 현관문을 세차게 두드리는 소리가 들렸습니다. 이윽고 세 명의 경찰이 한 남자의 목덜미를 잡고 들어왔습니다. 장발장이었습니다. 계급이 높은 경찰이 장발장이 훔쳐 간 은식기와 은촛대를 들어올리며 무엇인가 말을 꺼내려 하자, 주교님이 자리에서 벌떡 일어나 장발

장 앞으로 다가갔습니다. "아, 다시 왔군요. 그렇지 않아도 은 촛대 하나를 놓고 가서 어떻게 하나 걱정하고 있었습니다. 이 거 가져가면 되겠네요." 이렇게 말하면서 주교님은 은촛대 하 나를 장발장에게 내밀었습니다. 장발장을 잡아 온 경찰들은 어리둥절한 표정으로 그 자리에서 물러났습니다. 주교님이 내 미는 은촛대를 받아든 장발장은 부들부들 몸이 떨렸습니다. 주교님이 장발장에게 부드럽게 그러나 단호한 목소리로 말했

습니다. "내 말 잘 들으세요. 이 물건들은 당신을 참된 사람이 되게 하기 위해 쓰였습니다. 당신은 이미 선한 사람이 되었습니다. 이 사실을 결코 잊어서는 안 됩니다." 장발장은 도망치듯 마을을 빠져나왔습니다. 무작정 들길을 걷는 그의 머릿속은 몹시 혼란스러웠습니다. 그리고 세상에 믿을 사람은 하나도 없다는 그의 생각이 뿌리째 뒤흔들리는 것을 느끼기 시작했습니다. 흔들리는 마음으로 어찌할 바를 모르던 장발장은 한참 동안을 들판에 웅크리고 앉아 울었습니다.

만일 주교님이 장발장의 절도행동에 초점을 두고 반응했다면 장발장은 그 자리에서 다시 감옥으로 잡혀갔을 것입니다. 그렇게 되었다면 장발장이 새로운 삶을 살아갈 가능성은 철저하게 차단되었을 것입니다. 그러나 현명한 주교님은 절도행동보다 훨씬 더 큰 장발장이라는 사람을 수용함으로써 그의 마음을 근본적으로 뒤흔들어 놓았습니다. 방금 절도행동을 범한 사람을 선한 사람이라고 선포한 것입니다! 그렇게 믿어 주는 사람 앞에서 자신의 왜곡된 삶의 철학을 바꾸지 않기란 참 어려울 겁니다. 하물며 절도행동 같은 잘못된 행동은 말할 필요도 없습니다. 이렇게 상대방의 잘못된 행동에 매몰되지 않고 이를 넘어서서 살아 있는 한 인간을 받아들이고 인정하는 일이 진정한 수용이라고 말할 수 있습니다.

사실 사람의 모든 행동 속에는 긍정적 동기 또는 성장 동기가 숨어 있습니다. 이는 부정적 행동에서도 마찬가지입니다. 겉보기에는 남을 해치기 위한 행동처럼 보이지만 그 이면을 깊이 캐고 들어가면 긍정적 동기와 성장 동기가 숨어 있습니다. 참으로 엄청난 주장이지만, 조금만 달리 생각하면 수긍이 가실 겁니다. 엄마에게 툴툴거리는 아이는 단순히 엄마에게 짜증을 내는 게 목적이 아니라 엄마에게 바라는 무엇인가가 충족되지 않았고 그것이 충족되면 좋겠다는 소망을 갖고 그런 행동을 합니다. 친구에게 욕을 하는 행동도, 원수에게 복수를 하려는 행동도, 남의 물건을 훔치는 행동도, 심지어 남에게 사기를 치는 행동도 한 걸음 물러나 따지고 보면 그 속에 무언가 긍정적인 동기가 숨어 있습니다. 문제는 숨어 있는 긍정적인 동기를 찾아내지 않고 잘못된 행동만을 일방적으로 비난하는 데에 있습니다. 죄는 잘못된 것이지만 죄를 저지른 사람의 내면에 숨어 있는 긍정적 동기는 제대로 주목받을 필요가 있습니다. 이 긍정적 동기가 제대로 인식되고 바람직한 방법으로 활성화될 때 잘못된 부정적 행동들은 더 이상 존재할 이유가 없어집니다.

✉ 한 부부가 이혼하기 직전에 상담자를 찾아왔습니다. 이들은 결혼 후 수도 없이 많이 말다툼을 해 왔는데 어제도 치열하게 싸웠다고 했습니다. 그런데 어제의 싸움은 평소보다 한

층 심각했습니다. 남편이 아내에게 칼을 던진 것입니다. 사소한 일로 시작된 싸움이 심한 욕설을 주고받는 단계에 이르렀고 급기야 남편이 아내를 뒤쫓고 아내는 겁에 질려 도망가는 상황이 펼쳐졌습니다. 남편과 쫓고 쫓기면서 1층과 2층을 오르내리다가 부엌을 지나게 되었습니다. 부엌에 있던 식칼을 본 남편은 그 칼을 빼어 들고 "내 손에 식칼이 있어. 그 자리에 서지 않으면 이 칼 던질 거야!"라고 소리쳤습니다. 공포에 질린 아내가 더 빨리 달아나는 순간 남편의 손에서 식칼이 날아갔는데, 다행이 식칼은 부인의 몸이 아니라 벽에 꽂혔습니다.

여러분이 상담자라면 남편의 행동을 어떻게 받아들이겠습니까? 아내에게 칼을 던진 남편의 행동은 비난받아 마땅할 뿐 아니라 이혼 사유로도 충분합니다. 그러나 상담자가 남편의 행동을 비판하는 태도를 취한다면 이 부부에게 진정 도움을 주는 상담을 하기가 어려울 겁니다. 이 부부를 상담한 실제 상담자는 어떻게 했을까요? 상담자는 남편의 행동을 비난하는 대신 이 행동이 담고 있을 긍정적 동기를 찾으려고 하였습니다. 먼저 상담자는 이 부부의 평소 대화 양식을 점검해 보았습니다. 그리고 남편은 아내를 가까이 하고 싶은 마음이 가득하나 그 마음을 표현하는 방식이 서툴고 어색해서 매번 역효과를 가져온다는 사실을 발견했습니다. 서투른 말솜씨 때문에 남편이 아내에게 다가가는 만큼 아내는 뒤로 물러났습니다. 결국 두 사람 사이의 심리적 거리는 좁혀지지 않은 채 항상 일정한 간격을 유지했고, 남편은 이것을 몹시 안타까워하고 있었습니다. 이렇게 남편이 느끼던 심리적 거리감이 부부싸움을 하던 그날 쫓고 쫓기는 행동을 통해 상징적으로 표현되었고, 이 거리를 줄이기 위한 비상수단으로 남편이 식칼을 던지게 됐다는 겁니다. 처음부터 남편에게 아내를 죽이려는 생각은 털끝만큼도 없었습니다. 오히려 아내를 너무 사랑하기 때문에 그런 행동을 했다는 거지요. 그러니까 아내에게 식칼을 던진 행동은 아내에 대한 사랑 고백인 셈이라는 겁니다. 상담자의 이러한 해석을 바탕으로 지난날 자신들의 상호관계를 꼼꼼하게 분석해 본 부부는 상담자가 옳다고 인정하고, 의사 표현과 소통에 관한 상담을 몇 차례 더 받은 후 정상적인 결혼 생활로 돌아갔습니다. 상담자가 발견한 긍정적 동기가 이혼 위기에 처한 부부를 구한 거지요.

지금까지 상대방의 무엇을 수용할 것인지 수용의 내용을 '인격' 중심으로 살펴보았습니다. 수용할 인격의 내용에 현재 실현된 모습뿐 아니라 앞으로 실현될 모습까지 포함시킬 필요가 있습니다. 그러니까 현 상태뿐 아니라 미래의 상태까지 수용하자는 거지요. '자아실현성'이라는 이름으로 그 내용을 살펴봅시다.

❛❛ 자아실현성

모든 생물체에게는 자기 생명을 유지하고 확장·발전하려는 본능이 있습니다. 나무뿌리가 물을 향하고, 짚신벌레가 자기 몸을 나누는 행동은 모두 생명을 유지·확장·발전시키려는 몸부림입니다. 사람도 마찬가집니다. 난자와 정자가 만나서 잉태된 수정란 시절부터 끊임없이 생명의 움직임을 전개합니다. 그리하여 자기 생명에 담겨 있는 모든 것이 실현될 때까지 발전하고 성장합니다. 자아실현성, 이는 생명을 가진 모든 사람의 본능이요 본성입니다.

✉ 유아들이 자기 생명을 유지할 역량을 갖추고 있는지 확인하기 위한 실험을 한 적이 있습니다. 유아들을 두 집단으로 나누어 한 집단에는 식단에 따라 영양사가 조리해 준 음식을 제공하였고, 다른 집단에는 뷔페처럼 유아들이 스스로 선택하여 챙겨 먹을 수 있게 여러 음식을 동시에 제공하였습니다. 한 달 후 두 유아집단의 영양 상태를 확인해 본 결과 놀랍게도 영양사가 음식을 조리해 준 집단에서는 편식을 해서 영양실조에 걸린 유아들이 발견된 반면, 스스로 챙겨 먹게 한 집단에서는 영양실조에 걸린 유아들이 한 명도 발견되지 않았습니다. 영

양적으로 균형 있는 식사에 대해서 아무것도 모르는 유아들조
차 자기 생명의 유지와 성장에 어떤 음식이 좋은지 본능적으
로 알아서 챙겨 먹었던 것입니다.

자아실현성은 자기 안에 숨어 있는 잠재 가능성을 모두 실현
하려고 합니다. 그러나 환경의 도움이 없으면 이 과정이 제대로
이루어지지 않습니다. 좋은 환경을 만나지 못한 씨앗이 제대로
성장하지 못하는 이치와 같습니다. 아무리 튼실한 해바라기 씨
앗이라도 양분이 풍부한 땅에 심어져 적당한 습기와 햇빛을 만
나지 못하면 싹이 트고, 잎이 나고, 줄기가 자라고, 꽃을 피우고,
열매를 맺는 성장과정에 문제가 생길 수밖에 없습니다. 결국 씨

앗 안에 들었던 잠재적 가능성들이 제대로 실현되지 못하게 되지요. 사람도 마찬가집니다. 사람의 자아실현성 역시 좋은 환경을 만나야 제대로 성취될 수 있습니다.

  그렇다면 사람의 자아실현을 돕는 좋은 환경이란 어떤 것일까요? 먼저, 좋은 물리적 환경을 생각할 수 있겠지요. 생물학적 존재로서 사람의 생존에 영향을 주는 물리적 환경은 필수적이니까요. 여기에다 좋은 대인관계 환경 역시 중요합니다. 어떤 사람을 만나서 어떤 보살핌과 대접을 받는가에 따라 자아실현성은 아주 다르게 실현될 테니까요. 그런데 유기체에게는 외부 환경을 평가하여 자아실현에 유리한 선택을 하도록 돕는 매개 과정으로서 소위 '가치화 과정'이 있습니다. 앞에서 본 예화에서 유아들이 균형 잡힌 식사를 할 수 있었던 것은 바로 유기체의 가치화 과정 덕분입니다. 그러니까 유기체가 지닌 자아실현성을 환경 속에서 구체적으로 실현할 수 있게 돕는 기제가 바로 가치화 과정인 거지요. 자아실현의 더듬이라고나 할까요. 자아실현성은 이 더듬이를 안내 삼아 외부 환경을 평가하고 구체적으로 자아를 실현해 갑니다. 만약 자아실현에 불리하게 작용하는 환경을 만나면 이 과정에 문제가 생길 수 있습니다. 이 경우 가치화 과정은 환경에 적응하는 일에 무게를 두게 되고, 그러다 보니 자아실현과 먼 방향으로 유기체를 이끌어 갈 수 있습니다. 가치화 과정에 왜곡이 생기는 거지요.

✉ 호동이는 참 착한 아이입니다. 도대체 화를 낼 줄 모르는 것처럼 늘 웃고 있습니다. 집에서나 학교에서나 힘들고 어려운 일은 도맡아 하려고 합니다. 김 선생님은 학생들을 가르치면서 많은 모범생들을 보아 왔지만 호동이야말로 진짜 모범생이라고 생각하고 있었습니다. 그런데 얼마 전 호동이가 폭발하는 사건이 생겼습니다. 짝인 영란이가 자기에게 '못된놈'이라고 욕을 했다고 흥분해서 욕을 하며 영란이를 마구 때린 것입니다. 하도 어처구니가 없어서 김 선생님은 호동이를

따로 불러 상담을 했습니다. 그리고 호동이가 엄청난 욕구불만에 시달린다는 걸 알아냈습니다. 성직자로 일하는 부모 밑에서 성장한 호동이는 아주 어릴 때부터 늘 '착하다'는 칭찬을 듣고 살았습니다. 호동이는 착하다는 부모님의 칭찬을 항상 염두에 두고 있었고, 이 칭찬을 계속 듣기 위하여 자기 행동을 조절해 왔던 것입니다. 그러니까 부모님의 칭찬 때문에 많은 걸 접고 살아온 셈이지요.

칭찬은 마음의 양식입니다. 그러나 자칫 잘못하면 칭찬이 마음의 굴레가 될 수도 있습니다. 특히 '머리가 좋다' '착하다' '사람 됐다'와 같이 모호한 잣대로 인간성을 판단하는 칭찬이 그렇습니다. 칭찬은 우리가 생존하고 적응하는 데 유리한 환경 조건이기 때문에 우리 내면의 가치화 과정은 칭찬을 지향할 수밖에 없습니다. 그런데 이런 가치화 과정이 오히려 진정한 자아실현의 길로 나아가는 데 독이 될 수도 있다는 거지요. 칭찬마저 이렇다면 외부 환경으로부터 오는 다양한 조건들이 가치화 과정을 비틀고 왜곡시킬 가능성은 매우 큽니다. 따라서 상담은 물론이요 대인관계를 할 때 자신이 환경 조건의 하나로서 상대방의 가치화 과정을 왜곡시키는 것은 아닌지 잘 살필 필요가 있습니다. 아울러 왜곡된 가치화 과정이 원래의 기능을 회복할 수 있도록 돕는 것도 중요하겠지요. 따라서 자아실현성과 더불어 상대방의 가치화 과정 역시 수용의 중요한 내용으로 다루어야 합니다.

자아실현을 돕는 과정을 말할 때 으레 등장하는 것이 '자성예언'입니다. 자성예언은 상대방의 가능성을 믿음으로써 그 가능성을 현실로 이끌어 내는 것을 일컫습니다. 동일한 능력을 가진 아이들인데도 이들이 지적으로 우수하다고 믿는 선생님이 가르친 학급이 이들을 열등하다고 믿는 선생님이 가르친 학급보다 학업성취도가 월등히 높다는 사실을 확인한 유명한 실험이 있습니다. 자성예언의 효과를 입증한 셈인데요, 알고 보면 우리 주변에는 자성예언에 관한 이야기들이 널려 있습니다. 바보 온달 이야기도 그렇고요, 이성계가 왕이 될 것이라고 예언했다는 무학대사의 이야기, 태몽을 꾸고 아들 율곡을 임신했다는 신사임당 이야기, 훌륭한 음악가 정트리오를 키워 낸 이원숙 여사 이야기, 폭력 조직의 두목이었던 무시무시한 학생을 개전시킨 어느 교장 선생님의 이야기 등이 모두 자성예언과 연관되어 있습니다. 조금 과장하면 성공한 사람들의 이야기 뒤에는 누군가의 자성예언이 있습니다. 자성예언은 상대방의 내면에 잠재되어 있는 자아실현성을 활성화시켜 그 방향으로 움직이게 하기 때문입니다.

그렇다고 해서 자성예언을 좋게만 생각할 수 있을까요? 자성예언의 효과를 잘 아는 요즘 학부모들은 사랑하는 자녀가 성공할 수 있도록 열심히 자성예언을 하고 또 구체적으로 행동합니다. 그런데 때로는 그 도가 지나쳐서 자녀를 한없이 힘들고 지치게 합니다. 이를테면, 아이가 조금만 영리하다고 생각되면 '영재'라고 단정하고 일찌감치 영재교육에 전념하는 부모들이 얼마나 많습니까? 전국 방방곡곡에 영재교육기관이 넘쳐 나고 부모들은 자녀에게 영재교육을 시키려고 안달입니다. 그런데 정말 영재가 그렇게 많을까요? 부모의 욕심이요 과잉기대일 따름입니다. 자성예언은 양날의 칼과 같습니다. 잘 쓰면 자아실현을 제대로 도울 수 있지만, 잘못 쓰면 사람을 멍들게 하고 희생시킬 수 있습니다. 진정한 자성예언은 상대방의 자아실현성에 대하여 무한 신뢰와 애정을 보내는 것입니다. 이 바탕 위에서 상대방은 자신이 가야 할 길을 찾아 한 걸음 한 걸음 자아를 실현해 갈 것입니다. 그러니까 제대로 된 자성예언은 상대방의 자기주도성에 대하여 열려 있는 자성예언이라고 말할 수 있습니다. 닫힌 자성예언, 다시 말해 일방적으로 특정 방향을 정해 놓고 과잉기대와 요구로 상대방을 압박하는 것은 모양만 자성예언일 뿐 상대방의 자아를 실현하는 일과 아무런 관계가 없습니다.

　무엇을 수용할 것인가에 대한 지금까지의 이야기는 주로 '상대방'에게 초점을 두고 전개되었습니다. 그러니까 대화의 상대로서, 교육이나 상담의 대상으로서, 또는 무엇인가를 함께 하는 파트너로서 상대방을 수용하는 이야기를 해 온 것입니다. 이렇게 해 온 이유는 분명합니다. 사람들은 누군가로부터 수용받는 경험을 할 때 스스로 자기 자신을 수용하는 일을 보다 수월하게 해낼 수 있다고 보기 때문입니다. 자신의 특성임에도 불구하고 다른 사람에 의해 수용을 받아야 비로소 본인 자신도 수용할 수 있다는 건데요, 앞에서 다른 사람을 수용할 때 언급한 내용들은 결국 이 과정을 통해서 상대방이 스스로 자기 자신을 수용할 수 있도록 돕기 위한 것입니다. 이런 점에서 다음에 말할 두 가지는 앞의 것들과 성격이 다릅니다. 이들은 다른 사람이 아니라 본인 스스로 수용해야 할 내용들입니다. 그리고 이 과정에서 다른 사람은 간접적인 도움을 제공할 수 있을 따름입니다. 수용하는 행위의 주체가 다른 사람이 아니라 자기 자신이라는 점을 다시 한 번 강조합니다. 스스로 수용해야 할 내용으로 '느껴진 감각' 과 '고통의 수용' 을 특별히 덧붙이는 이유가 있습니다. 느껴진 감각은 자신을 깊이 들여다보며 체험 속으로 들어가는 법에 대하여, 고통의 수용은 삶을 바라보는 지평을 달리함으로써 보다 풍요롭게 살 수 있는 중요한 원리를 알려 준다고 보았기 때문입니다.

66 느껴진 감각

우리는 살아가면서 수없이 많은 체험을 합니다. 우리의 몸도 마찬가집니다. 그러나 그 많은 몸의 체험 중에서 우리가 관심을 쏟는 체험은 그리 많지 않습니다. 기껏해야 몸이 아프거나 상태가 좋지 않아야 자신의 몸에 관심을 기울이는 정도입니다. 삶의 체험이 어떤 방식으로든 몸에 영향을 주고, 몸에 등록되고, 몸에 반응을 일으킨다는 점을 생각하면 정말 소홀하기 짝이 없는 대접입니다. '느껴진 감각'은 몸에 주의를 기울이며 몸에서 일어나는 현상을 알아채고 몸의 요구에 따르는 행동을 함으로써 자기 체험을 중심으로 살아가는 구체적인 원리이자 방법입니다.

느껴진 감각(felt sense)은 자기 몸의 중심에서 느끼는 감각을 뜻합니다. 이 감각은 단순한 신체적 감각이 아니라 어느 순간 몸으로 느끼는 자기 인격의 총체적 반응을 의미합니다. 그러니까 자신의 생각이나 감정이나 행동이 몸의 느낌으로 표현되는 것을 말합니다. 이렇게 사람의 인격적 반응과 느껴진 감각은 밀접한 관계를 가지고 있습니다. 그러나 사람들은 대부분 느껴진 감각을 소홀히 하고 지나갑니다. 느껴진 감각이 없는 것이 아니라 그것에 주목하지 않기 때문에 느껴진 감각의 존재를 모르는 거지요. 느껴진 감각에 주목하고 이를 수용하기 시작하면 어떤 일을 체험할 때 자신의 인격이 어떻게 반응하는지 예민하게 알아차리게 됩니다. 그리하여 그 체험이 자신에게 어떤 의미가 있는지 정확하게 인식하고 대처할 수 있습니다.

느껴진 감각을 수용하고 이에 주목하는 방법을 '초점 맞추기

(focusing)'라고 합니다. 초점 맞추기는 자기 몸의 중심에서 일어나는 감각에 초점을 맞추고 이를 충분히 체험하면서 그 체험 내용을 적절한 어구나 그림이나 상징으로 풀어내는 데 도움을 줍니다. 몸으로 느낀 체험 내용과 그 체험 내용에 대한 인식을 일치시키려는 방법인데요, 이렇게 하면 여러 가지 유익한 점이 있습니다. 첫째, 자신에게서 일어나는 체험들을 섬세하게 구별하면서 풍부하게 누리는 능력이 생깁니다. 이전에 바깥으로만 향하던 관심의 초점이 자신의 몸에 쏠리면서 감각이라는 통로를 통해 자신이 세상을 어떻게 체험하는지 알아차리게 되는 거지요. 둘째, 그동안 멀리하고 피하던 생각이나 감정들에 정면으로 맞서는 능력이 생깁니다. 전에는 도망가기 바빠서 제대로 들여다보지 못했던 불안한 감정을 몸으로 느껴지는 감각을 통해서 구체적으로 바라볼 수 있게 되는 거지요. 이렇게 되면 불안의 정체와 진행 과정에 대해 새롭게 알게 될 뿐 아니라 그에 적절하게 대처하는 법도 배우게 됩니다. 셋째, 몸으로 느껴진 감각은 자신이 체험하는 생각과 감정들을 객체화함으로써 그것들이 자신이 소유하는 내용에 불과하고 자신의 존재 전체는 아니라는 사실을 환기시켜 줍니다. 몸으로 느끼는 자기와 그것을 바라보고 관찰하는 자기가 있다는 것을 체험하니까요. 그리하여 어떤 감정이 들었다면 그 감정은 자기 존재의 일부일 따름이지 그 감정이 바로 자기는 아니라는 통찰이 생겨납니다. 이런 통찰이 생기면 우연히

든 어떤 생각이나 감정에 쉽게 휘둘리지 않게 됩니다. 오히려 그런 생각과 감정을 통제하고 관리할 수 있는 주체로 우뚝 설 수 있습니다.

필자가 이미 다른 곳에서 소개한 내용입니다만, 여기서 초점 맞추기를 하는 구체적인 방법을 살펴보는 게 좋겠네요.

- 첫째, 조용한 장소를 찾아 주변에 방해가 될 만한 모든 불필요한 물건들을 치워 놓고 최대한 편안한 자세를 취합니다.
- 둘째, 모든 해야 할 일 또는 문제들로부터 잠시 자신을 떼어 놓습니다. 그러니까 처리해야 할 업무, 잡다한 걱정거리, 온갖 집안일, 사람들과의 관계 등 세상 잡사를 잠깐 동안 마음에서 떨쳐 냅니다.
- 셋째, 그 순간 다루고 싶은 문제 하나에 주의를 집중합니다. 예를 들면, 형선 씨가 오늘 친구에게 심하게 화를 냈다면 화를 낸 그 장면에 주의를 집중합니다. 이때 그 장면을 분석하거나 이해하려고 하지 않습니다. 다만, 그 장면에 대해 내 몸이 느끼는 감각과 느낌에 주목합니다. 그러면서 스스로에게 "그 장면에서 무엇이 어떻게 느껴지지?" 하고 묻습니다. 그리고 무엇인가가 자발적으로 떠오를 때까지 기다립니다. 아마 처음에는 애매하고 두루뭉술하고 쉽게 묘사할 수 없는 것들이 떠오를 것입니다. 무언가 있기는 있는데 이를 적절하게

표현할 단어도 마땅치 않고 특별히 구별해 낼 만한 특징이나 형태도 없는 것 같습니다. 그렇다고 해서 조급할 필요는 없습니다. 억지로 꾸며 낼 필요도 없습니다. 다만 조용한 상태를 유지하며 내 몸 거기 있는 무언가에 주의를 기울입니다.

- 넷째, 이제는 아주 천천히 그리고 부드럽게 느껴진 감각과 그 느낌의 특성이 무엇인지 물어봅니다. 그것과 어울리는 이름이 튀어나올 수도 있고, 그것과 어울리는 심상이 솟을 수도 있습니다. 하지만 여기에서도 분석을 피하고, 억지를 피하고, 가정과 추론을 피합니다. 여기서 중요한 것은 생각이

아니라 느낌입니다. 느낌 자체로부터 대답이 떠오르는 게 중요합니다. 이제 하나의 낱말, 어구 또는 심상으로 내 몸 거기 있는 무언가에 대해 느껴진 감각이 표현됩니다. 만일 이 표현이 정확하다면 아마도 내면에서 "그래, 맞았어." 하는 미세한 움직임이 일어날 것입니다. 예를 들어, 앞에 친구에게 화를 냈던 형선 씨에게는 '질투' 라는 낱말이 떠올랐습니다.

● 다섯째, 표현된 낱말을 취하고 이 낱말이 내 몸에서 느낀 감각에 잘 들어맞는지 요모조모 점검합니다. "질투, 이것이 맞는 낱말인가? 내가 느낀 감각이 정확하게 이 낱말로 설명되는가?" 이렇게 살펴서 그 낱말이 정말 느껴진 감각을 정확하게 표현하는지 확인해야 합니다. 만일, 낱말과 느껴진 감각이 잘 어울리기는 하지만 분명하게 딱 들어맞는다고 느껴지지 않으면 무언가 보충할 필요가 있을 겁니다. 예를 들어, "질투가 맞기는 한데 그게 다는 아니야. 질투가 들어 있기는 하지만 꼭 이거라고 하기는 어려운 걸. 그렇다면 일단 '질투를 포함한 무엇' 이라고 해 보자." 이렇게 여러 번 반복하며 '질투를 포함한 무엇' 이 맞는지 확인합니다.

● 여섯째, 이제 내 몸에서 느껴진 감각을 표현하는 낱말 또는 심상에게 제대로 정체를 드러내라는 질문을 합니다. 이 질문을 통해 느껴진 감각에 대한 정확한 공감을 얻을 수 있습니다. 예를 들어, " '질투를 포함한 무엇' 이 정확하게 무엇이

지? 어떤 문제가 이 '질투를 포함한 무엇'을 만드는 걸까?"
하고 묻습니다. 그러자 "어…… 질투를 포함한 무엇이
라…… 아하! 무언가 뒤처졌다는 느낌!" 하며 통찰이 생기고
'바로 그것'이라는 신호가 온몸에서 전해져 옵니다. 형선 씨
의 경우, 자신이 발전하지 못하고 친구에 비해 많이 뒤처져
있어서 불행하다는 느낌을 온몸이 말하고 있었던 것인데 드
디어 이를 찾아낸 것입니다. 느껴진 감각에 대해 충분한 공
감이 이루어지는 순간입니다.

- 일곱째, 느껴진 감각에 대한 충분한 공감이 이루어지면 편안
한 마음 또는 안도감이 밀려옵니다. 하지만 동시에 이를 공
격하는 목소리들도 들려올 것입니다. 형선 씨의 경우 다음과
같은 소리를 들을 수 있습니다. "아니야, 너는 그렇게 느끼
면 안 돼!" "네가 해 봤자 얼마나 하겠니." "그래 봐야 앞으
로 달라질 게 뭐 있니?" "지금 이렇게 사는 것도 다행이지
뭐." 이런 현상이 생기면 공격하는 모든 목소리를 한쪽으로
밀어 버립니다. "너희들은 기다려." "가만, 지금은 내가 다
른 할 일이 있어." 그리고 새롭게 시작된 감각과 느낌에 머
물러 있습니다. "뒤처진다…… 내가 여전히 이런 느낌을 가
지고 있었네…… 오, 그래, 이 느낌이 확실해…… 그래, 맞
아…… 내가 느끼는 게 바로 이거야!"

- 여덟째, 일곱째 단계를 반복하며 새롭게 시작된 감각과 느낌

속에 좀 더 오래 머물러 있습니다. 이렇게 하면 신선한 느낌이 느껴지고 무언가 바람직한 변화가 일어날 듯한 좋은 예감이 들 것입니다. 이렇게 얻은 바를 바탕으로 자신의 삶을 돌이켜 보고 앞을 향해 새롭게 나아갑니다.

- 아홉째, 문제가 생기거나 자신을 돌아보고 싶을 때 앞에 설명한 여덟 가지 과정을 반복합니다.

느껴진 감각에 집중하는 초점 맞추기는 마치 불교의 『대념처경』에서 말하는 자기 몸에 일어나는 일들을 알아차리고 각성하는 과정과 유사합니다. 세부적인 절차에 다소 차이가 있지만, 몸에 주의를 집중하고 이를 통해서 얻으려는 통찰의 내용은 본질적으로 동일합니다. 이런 점에서 신체의 느껴진 감각을 다양하고 정밀하게 다루고 있는 대념처경은 초점 맞추기를 넘어서는 훌륭한 성찰 방법이라고 여겨집니다.

고 통

앞에서 감정을 다룰 때 고통에 대해 잠깐 언급한 바 있습니다. 이제 우리 삶에서 고통이 갖는 의미와 고통을 수용하는 바람직한 방법에 대해 좀 더 자세히 이야기해 보겠습니다. 고통을 수용하는 일은 삶을 온전하고 풍요롭게 누리는 일과 직결되어 있기 때문입니다.

고통은 '몸이나 마음의 괴로움이나 아픔'을 뜻합니다. 그래서 보통 우리는 고통을 피하려고 합니다. 손이 칼에 베일 때 느끼는 고통은 당연히 우리가 피해야 할 고통입니다. 이 고통은 우리를 아프게 하는 게 전부니까요. 하지만 모든 고통이 다 피해야 할 것은 아닙니다. 예를 들어, 열심히 운동을 한 후에 느끼는 피로감(고통)은 피해야 할 것이 아니라 건강한 몸을 유지하기 위해 반드시 거쳐야 할 과정입니다. 피로감을 피하기 위하여 운동을 게을리한다면 건강한 몸을 유지하는 일은 아예 생각할 수도 없습니다. 고통이 없으면 목표 성취도 없는 거지요. 우리가 살면서 느끼는 대부분의 고통은 이런 특징을 가지고 있습니다. 다시 말해, 고통과 가치로운 삶은 밀접하게 연관되어 있습니다. 고통이 이런 것이라면 고통을 피하는 것은 가치로운 삶을 피하는 것이기도 합니다. 따라서 고통을 나쁜 것, 가능하면 피해야 할 것으로 대하는 태도에는 심각한 문제가 있습니다.

불가에서는 '인생은 고해'라고 말합니다. 이 소리를 들으며 저는 막연하게나마 인생은 고통스러운 일이 많아서 참 살기가 힘들다는 뜻이라고 받아들였습니다. 생로병사로 표현되는 삶의 과정을 보면서 우리 처지가 참 불쌍하다고 여기기도 했습니다. 도무지 알 수 없는 곳에서 와서 고통의 바다에서 헤매다 흔적도 없이 어디론가 사라지는 존재라니 그야말로 가엾기 짝이 없습니다. 그래서 살아 있는 동안이라도 가능한 한 고통을 피하고 고통을 멀리하는 것이 좋은 삶이겠거니 생각했습니다. 할 수 있다면 고통을 초월하는 것이 가장 현명하다고 봤고요. 이런 차원에서 세속을 초월하려고 수도에 전념하는 도인들을 무척 높게 보고 부러워했습니다. 깨달음의 세계에는 아픔과 고통이 자리할 곳이 없을 것이라고 봤으니까요. 아마 여러분도 마찬가지였을 겁니다.

그런데 세상 경험이 늘어나고 나이가 듦에 따라 '인생은 고해'라는 말을 다르게 풀이할 수 있다는 데에 생각이 미쳤습니다. 인생이 고통의 바다라는 말은 인생은 원래 고통으로 가득 차 있으니 그로부터 도망가려는 생각은 일찌감치 포기하고 고통을 아주 자연스러운 삶의 과정으로 받아들이라는 뜻으로 볼 수도 있다는 거지요. 그러니까 고통에 저항하고, 고통을 무시하고, 고통과 싸우고, 고통을 잊으려고 애쓰는 대신, 고통을 있는 그대로 바라보고, 고통을 끌어안고, 고통을 감상하고, 고통이 요구하는 대우를 해 주고, 고통을 늘 지니고 다니라는 말로 해석할 수도 있다는 겁니다. 마치 공기처럼 고통도 늘 우리와 함께하는 우리의 존재 조건으로서 자연스럽게 받아들일 수 있겠다는 거지요. 이렇게 보면 깨달음이라는 것도 고통으로 얼룩진 세상을 초월하는 것이 아니라 고통을 자연스러운 현상으로 받아들일 줄 아는, 그래서 고통이 있음에도 불구하고 꿋꿋하게 자신의 길을 걸어가는 것이라는 생각이 들었습니다. 살다 보면 기쁨을 느낄 때도 있고 고통을 느낄 때도 있습니다. 중요한 것은 '그럼에도 불구하고' 자신이 살고 싶은 대로 살아가는 일입니다. 고통은 모조리 피하고 오로지 기쁜 일만 만나려고 하는 태도는 자연스러움에 어긋날 뿐 아니라 오히려 우리를 집착으로 이끌어 자유롭게 사는 삶을 방해합니다. 고통을 피하는 것이 삶의 목표가 돼서는 곤란하지 않겠습니까?

책을 읽다가 고통과 삶의 관계를 아주 멋지게 그려 낸 비유가 있어서 잠깐 소개하겠습니다.

당신은 '인생이라는 버스'를 운전하는 기사입니다. 이 버스에도 승객들이 올라타는데요, 승객들은 신체 감각, 감정, 생각, 기억, 욕구, 충동 등입니다. 승객 중에는 당신이 좋아하는 사람도 올라타고 당신이 싫어하는 사람도 올라탑니다. 그중 어떤 승객은 유난히 거슬리는 행동으로 당신의 신경을 건드립니다. 그 때문에 자꾸 마음이 쓰이고 어서 빨리 그가 버스에서 내려 주었으면 하고 바라는 마음이 간절해집니다. 때로는 그에게 제발 조용히 있어 달라고 사정을 하고픈 마음도 솟고, 때로는 고함을 치고 혼내 주고 싶은 마음도 듭니다. 아예 버스를 세우고 승객과 한판 벌이고 싶을 때도 있습니다. 그런데 이렇게 승객에게 신경을 쓰면 운전이 제대로 되지 않습니

버스 안에 있는 모든 승객을 가슴에 품고 삶의 목적을 향하여
쉼 없이 달려가는 '인생이라는 버스'의 기사, 바로 우리의 모습입니다.

나. 자칫 하면 사고가 날 수도 있고요. 기사의 시선은 버스 안이 아니라 버스 바깥, 그러니까 승객이 아니라 목적지를 향해야 합니다. 버스 안에서 무슨 일이 일어나든 목적지까지 안전하게 도착하는 것이 버스 기사의 임무입니다. 버스 안에 있는 모든 승객을 가슴에 품고 삶의 목적을 향하여 쉼 없이 달려가는 '인생이라는 버스'의 기사, 바로 우리의 모습입니다.

그렇습니다. 살다 보면 온갖 일들이 벌어지고 우리를 힘들게 하는 다양한 종류의 고통을 만나게 됩니다. 하지만 고통은 우리 삶을 멈추게 할 수 없습니다. 우리가 지향하는 가치로운 삶은 고통과 아무런 상관이 없기 때문입니다. 따라서 우리는 스스로 가치롭게 여기는 삶을 향해 고통이 있음에도 '불구하고' 그와 '더불어' 과감하게 앞으로 발을 내디뎌야 합니다. 고통이 없다면 좋겠지만 고통이 있다고 해서 주춤거리거나 삶을 포기할 수는 없습니다. 우리 삶의 목표는 잘 사는 것이지 고통을 피하는 것이 아니니까요. 우리의 인생에서 가장 큰 고통은 불안, 우울, 충동, 기억, 외상, 분노, 슬픔, 장애 같은 것들이 아닙니다. 오히려 인생을 철저히, 그리고 전심으로 살지 않는 것이 문제입니다. 우리가 매일매일 고통과 전쟁을 치르고 있다면 그동안 우리의 인생은 보류된 거나 마찬가집니다. 정말 하고 싶은 일을 하며 살고 싶은 대로 살기 원한다면 세상을 살아가는 데서 오는 온갖 기쁨과 고통에 문을 활짝 열어 둘 필요가 있습니다.

암에 걸려 불치라는 판정을 받았다가 다시 살아난 어느 환자의 말입니다. 우리 삶에서 고통을 포용하는 것이 얼마나 중요한지 일깨워 주는 듯합니다.

✉ 내가 세운 목표가 일상에서 음미할 수 있는 삶의 가치를 방해한다는 사실을 알게 되었습니다. 나는 암을 극복하고 다시는 고통받지 않겠다는 목표를 가지고 있었습니다. 그런데 이 목표가 지나치게 한쪽으로 치우쳐 있다는 사실을 깨달았습니다. 온전한 삶에서는 고통 역시 쾌락만큼 중요한 위치를 차지하고 있습니다. 두통, 근육통, 치통 같은 모든 통증은 내가 살아 있음을 알려 주는 소중한 신호들입니다. 엄청난 기쁨이 그런 것처럼, 고통 역시 살아 있을 때 겪을 수 있는 체험일 뿐 아니라 시간이 지나면 사라지는 일시적인 현상일 따름입니다.

고통을 피하려는 태도에서 고통을 기꺼이 맞아들이려는 태도로 전환할 때 우리 삶에는 혁명이 일어납니다. 삶이 보다 풍부해지는 것은 물론이요, 흥분과 열정으로 삶을 수놓을 도전과 기회의 문이 활짝 열립니다. 무서워서, 불안해서, 힘들어서, 창피해서, 억눌려서, 방어하고 회피하고 도망가기 위해 낭비하던 에너지를 온통 자신이 하고 싶은 일에 쏟아부을 수 있으니까요. 그리하여 전에는 꿈도 꾸지 못하던 놀라운 일들을 당당하게 해냅니다. 인류가 이뤄 낸 수많은 업적은 모두 고통의 산물이라고 해도 지나치지 않습니다. 고통은 거기 항상 있었지만, 이를 끌어안고 자신이 진정 하고 싶은 일에 몰두해 들어감으로써 스스로도 만족하고 다른 사람들에게도 감동이 되는 위대한 일을 성취할 수 있었던 겁니다.

✉ 1976년 미국 펜실베이니아에서 태어난 에이미 멀린은 선천적으로 종아리뼈가 없는 상태였고 한 살에 다리를 절단하는 수술을 받았습니다. 그러나 그녀는 운동을 계속했고 미국대표선수로 1996년 장애인 올림픽에 나가 100미터를 15.77초, 200미터를 34.60초에 끊고, 멀리뛰기에서는 3.5미터나 뛰는 기록을 세웠습니다. 또 에이미는 패션모델로서 영국 유명 패션 디자이너의 런던 패션쇼에서 손으로 조각해서 만든 구두 일체형 인공다리를 신고 멋지게 무대를 걸었다고 합니다. 그녀는 다리가 없는 장애를 극복하고 지금도 패션모델로, 영화배우로, 저술가로, 유명 강사로 다양한 분야에서 정력적인 활동을 펼치고 있습니다. 〈피플〉지가 선정한 아름다운 여성 50인에 들기도 했고요. 그녀는 이렇게 말합니다. "역경은 우리들이 아직 받아들이지 않은 변화에 불과할 따름입니다. 역경은 창조와 변화를 위한 기회입니다. 역경이 없다면 인생에서 우리가 이룰 것

은 별로 많지 않습니다. 역경을 두려워 마세요. 역경은 자연스럽고, 지속적이고, 유용한 것입니다. 역경을 끌어안고, 더불어 씨름하고, 함께 춤을 추세요. 진정한 장애는 역경이 아니라 억눌린 마음입니다. 억눌려서 아무 희망도 없는 마음이죠. 그러니까 자리를 털고 일어나 역경과 더불어 춤을 추며 당신의 인생을 멋지게 창조해 나가세요. 신이 아는 글자는 오로지 네 단어, 'come, dance with me(이리와, 나와 춤을 추세)' 뿐입니다. 당신의 인생에 무엇이 주어졌든, 거부하지 말고 기꺼이 더불어 끌어안고 아름다운 춤을 추세요."

무엇인가를 가지지 않으려면 마음을 비워야 합니다.
마음은 원래 무엇인가를 담게 되어 있기 때문에
순간순간 비우지 않으면 항상 채워진 상태로 남아 있습니다.

어떻게 수용할까

　　수용의 내용에 대한 앞의 이야기에 이어서 지금부터는 수용하는 행동 또는 받아들이는 행동에 대해 이야기해 보겠습니다. 수용하는 방법, 즉 '어떻게' 와 관련된 이야기입니다. 실은 수용의 내용인 '무엇' 에 대해 이야기하면서 이미 '어떻게' 에 대해서 많은 것을 언급했습니다. 그래서 앞으로 전개하는 이야기 중 상당 부분은 앞에 언급한 내용들과 중첩될 수 있습니다. 그럼에도 '받아들이는 행동' 에 대해 다시 자세하게 다루려는 이유는 분명합니다. '받아들이는 행동' 이 구체적으로 어떻게 하는 것인지 섬세하게 다루어지지 않으면 수용의 본래 의미가 왜곡될 가능성이 많기 때문입니다.

　　문장의 구조에서 수용의 '받아들이는' 부분은 서술어에 해당합니다. 서술어는 주어의 움직임, 상태, 성질 따위를 설명하는 부분으로 문장 속의 다른 요소들은 서술어를 중심으로 구성됩니다. 그런데 이 서술어는 때때로 수식어가 붙어야 그 의미를 제대로 드러낼 수 있습니다. 그러니까 서술어의 의미를 제한하면서 그 뜻을 명확하게 하는 꾸밈말이 붙을 때 서술어의 의미가 완전해질 수 있다는 거지요. 따라서 어떤 문장을 정확하게 이해하려면 서술어와 수식어를 동시에 고려해야 합니다. 이를테면 '사랑합니다' 는 서술어는 '하늘만큼 땅만큼' 이라는 수식어가 붙을 때 그 의미가 뚜렷해지지요. 수용에서도 마찬가집니다. 수용을 제대로 이해하려면 '받아들인다' 에 해당하는 서술어 부분뿐 아니라 이를 꾸미고 있는 수식어들에 대해서도 정확하게 이해해야 합니다. 따라서 '어떻게' 를 다룰 때 수식어와 서술어를 함께 살

펴야 합니다. 수용을 말할 때 흔히 따라붙는 수식어들이 있는데
요, 상담학자들은 이 수식어들의 의미를 명확하게 하기 위해 엄
청난 관심을 쏟아 왔습니다. 수식어를 어떻게 해석하느냐에 따
라 상담의 구체적 방법이 달라질 수 있다고 보았기 때문일 겁니
다. 여기서는 먼저 수식어들의 의미를 파헤쳐 본 후 수용의 서술
어들에 대해 살펴보도록 하겠습니다.

●● 수용의 수식어

무조건적(으로)

수용에 대하여 말할 때 가장 자주 그리고 가장 중요하게 언급되
는 수식어가 '무조건적(으로)' 이라는 용어입니다. 영어로는
'unconditional' 로 표현되는데요, 조건이 없다, 조건을 내걸지
않는다는 뜻입니다. 조건이 '어떤 일을 이루게 하거나 이루지 못
하게 하기 위하여 갖추어야 할 상태나 요소' 또는 '일정한 일을
결정하기에 앞서 내놓는 요구나 견해' 를 뜻하는 것이므로 '무조
건적인' 수용은 '상대방이 갖추고 있는 상태나 요소에 상관없이'
또는 '특정한 요구나 견해를 덧붙이지 않은 채' 받아들이는 것이
라고 풀이할 수 있습니다. 일상생활에서 조건은 흔히 영어의 if,
즉 '만일 ~라면(한다면)' 이라는 표현으로 등장합니다. '만일 네

가 조금만 더 예쁘다면' '만일 네가 조금만 더 용감하다면' '만일 네가 점수를 10점만 더 잘 받아 오면' '만일 네가 내 생각대로 따른다면' 이런 표현들이 모두 조건적인 것이지요. '만일' 이라는 말이 붙지는 않지만, 상대방의 말을 수긍하고 인정하는 듯하다가 문장 끝에 '그러나' 라고 꼬리표를 달아 조건임을 나타내는 경우도 있습니다. 예를 들어, "그래, 네 말이 맞아. 그러나 너에게 욕을 먹은 그 사람 입장에서 보면 다를 수 있지 않겠어?" 라고 말하는 식입니다. 앞에 수용한 내용이 '그러나' 뒤에 붙은 내용 때문에 거부되는 거지요. 그러니까 뒤에 제시한 조건이나 기준으로 인해 앞에 말의 효력이 상실되는 겁니다. 'yes, but' 의 형식으로 표현되는 내용은 모두 비슷합니다.

조건적인 말은 모두 판단하고 평가하는 말입니다. 다시 말해, 말하는 사람의 주관적인 가치가 개입되었다는 말입니다. "만일 네가 조금만 더 예쁘다면, 아나운서가 될 수도 있지." 라는 말에는 '네가 아나운서가 될 만큼 충분히 예쁘지 않다' 는 주관적인 가치판단이 들어 있습니다. "네가 열심히 하기는 하는데 내가 만족할 정도는 아니야." 라는 말에도 '내가 만족할 정도는 아니다' 는 가치판단이 들어 있고요. 그런데 이렇게 가치를 판단하는 말을 잘 들여다보면 그 한가운데 어떤 '기준' 이 작용하고 있음을 알 수 있습니다. '~한 기준에 비추어 보니', 덜 예쁘고, 만족할 정도가 아니라는 거지요. 그러니까 말하는 이가 설정한 '기준'

이 바로 조건을 구성하는 핵심입니다. 따라서 '무조건적'이라는 말은 바로 가치를 판단하는 기준이 없다는 뜻입니다. 적용할 기준이 없기 때문에 아예 가치를 판단하고 평가할 수가 없는 거지요. 도대체 기준이 없으니 이래도 좋고 저래도 좋고, 해도 좋고 하지 않아도 좋습니다. 모든 기준으로부터 벗어난 완전한 자유가 보장되는 겁니다. 무조건적 수용은 이렇게 아무런 기준 없이 상대방의 모든 것을 받아들이는 것을 뜻합니다. 상대방의 생각, 감정, 행동, 지속성, 자기주도성, 자아실현성, 느껴진 감각 등 인격의 모든 체험과 경험에 대하여 전혀 토를 달지 않고 받아들이는 거지요. '상대방의 체험과 경험에 대한 일체의 판단과 평가를 완전히 중지한 상태', 바로 이것이 완전한 무조건적 수용입니다.

상대방에 대하여 무조건적이기 위하여 또 하나 요구되는 사항은 '정의(定義)'에 갇히지 않는 일입니다. 정의는 사물의 뜻을 명백히 밝혀 규정하는 행위를 말하는데요, 만나는 사람에 대해 '그는 ~한 사람이다'라고 정의를 하게 되면, 그 사람을 살아 있는 생생한 인격으로 만나기가 어렵습니다. 그 대신 정의된 개념으로 만나게 되지요. 이렇게 되면 관계 속에서 상대방은 온데간데 없이 사라질 뿐 아니라 한 인간으로서 그가 체험하고 경험하는 내용들이 별 의미를 가질 수 없게 됩니다. 때로는 상대방 체험의 일부를 축소하거나 거부할 수도 있고요. 심하게 말하면 이는 상대방 인격에 대한 폭력이라고 말할 수도 있습니다. 예를 들어,

상담자가 심리검사를 해서 '건강염려증'이라고 진단을 받은 청담자를 만날 때와 아무런 사전정보 없이 청담자를 만날 때, 두 만남에서 이루어지는 상호 교류는 상당히 달라집니다. 청담자가 건강염려증을 가진 사람이라는 것을 알고 있을 때 상담자는 청담자가 보이는 언행의 상당 부분을 건강염려증이라는 개념으로 해석하려는 경향을 보입니다. 반면, 청담자에 대해 아무런 정보가 없을 때 상담자는 온 관심을 기울여 청담자의 말과 행동에 집중하게 되고, 그만큼 청담자의 경험에 깊이 다가갈 수 있게 됩니다. 상담 실습을 나갔던 학생이 보고한 사례를 살펴봅시다.

✉ 교육대학교 4학년인 수미 씨는 교생실습을 나갔습니다. 아동 관찰이라는 과제를 수행하기 위하여 수미 씨는 자기가 맡은 학급의 아동들을 열심히 관찰했습니다. 그러다가 그 반의 광진이라는 학생이 상당히 공격적이라는 사실을 알게 되었습니다. 광진이는 성적도 상위권이고 수업 시간에 발표도 열심히 잘했지만 담임선생님이 없는 곳에서는 급우들을 괴롭히는 행동을 자주 보였습니다. 험한 욕을 입에 담기도 했고 성미에 차지 않으면 친구들을 때리고 발길질까지 서슴지 않았습니다. 수미 씨의 눈에 광진이는 무언가 욕구불만에 쌓여 폭발하기 직전의 상태인 것으로 보였습니다. 그래서 수미 씨는 담임선생님에게 이 사실을 알려 주었습니다. 4개월 동안 아이들을

맡아 온 담임선생님은 수미 씨의 말에 전혀 뜻밖이라는 반응을 보였습니다. "광진이는 우리 반의 모범생입니다. 그 애가 그럴 리가 없어요. 아마 선생님이 잘못 본 걸 거예요."

정의의 위험에 빠지지 않으려면 상대방의 말과 행동을 무엇인가로 규정하려는 성향을 버려야 합니다. "나는 늘 기분이 우울해요."라는 청담자의 말에 그대로 동의하는 상담자가 있다면 청담자나 상담자나 모두 정의의 위험에 빠져 있는 셈입니다. 그리고 상담하는 두 사람이 모두 이런 상태에 처해 있을 때 청담자의 우울증은 쉽게 치유되지 않습니다. 다른 사람들보다 청담자가 우울을 느끼는 시간이 상대적으로 길 수 있습니다. 그러나 청담자는 늘 우울한 사람이 아닙니다. 그는 시시각각 달라지고 변화할 수 있는 열린 존재입니다. 열린 존재는 정의에 갇힌 죽은 개념이 아니라 살아 움직이는 인격입니다. 따라서 섣불리 상대방을 무엇인가로 규정하지 않고 늘 신선한 시선으로 바라볼 줄 아는 역량을 키워야겠지요.

'무조건적'이라는 말에는 비지시적 'non-directive'라는 뜻도 들어 있습니다. 그러니까 어떤 특정한 방향으로 이끌어 가지 않는다는 것입니다. 삶을 살아가는 주체는 각 개인이므로 삶을 끌어가고 주도하는 사람 역시 각 개인이어야 합니다. 따라서 아무리 좋은 의도로 개입을 한다 해도 상대방의 자기주도성을 상실시킬 수 있다는 점에서 문제가 됩니다. 상담을 하다 보면 청담자가 어떻게 하면 좋을지 상담자의 눈에 답이 훤히 보일 때가 많습니다. 그래서 상담자는 청담자에게 충고를 하거나 해결책을 암시하는 등 자신의 의견을 제시하고픈 유혹을 떨쳐 버리기가 쉽지 않습니다. 이 유혹을 잘 참아도 청담자의 행동 중 일부에 선택적인 반응을 함으로써(고갯짓 같은 몸동작을 하거나 선호를 나타내는 언어적 반응을 함으로써) 은연중에 청담자를 조정하는 경우도 생길 수 있습니다. 상담자가 알게 모르게 청담자에게 어떻게 하라는 방향을 지시하는 거지요. 이는 결국 청담자의 삶에 개입함으로써 무조건적인 수용에서 벗어나는 셈입니다. 그래서 '무조건'이라는 용어를 이야기할 때는 비판, 도전, 직면, 개입 등 강한 말들은 물론이요, 안내, 지원, 위로, 안심시킴 등 부드러운 말도 쓰지 않습니다. 강하건 부드럽건 상대방에게 어떤 방향으로 가라고 지시하는 특성이 있기 때문입니다. 무조건적 수용에서 허용하는 지시의 방향이 있다면 딱 한 가지뿐입니다. 상대방이 더 자유롭고 더 깊이 있게 자기 내면의 체험에 다가설 수 있도록 돕는 방향이 그것입니다. 다시 말해, 상대방으로 하여금 그게 무엇이든 자신에게 일어나는 현상들을 모두 허용해서 모두 체험할 수 있도록 돕는 거지요.

수용하는 방법에 붙는 수식어로서 '무조건적(으로)'의 의미를 살펴봤는데요, 이에 대해 달리 생각하는 사람들도 있습니다. 이들의 의견을 들어보고 그 반론도 살펴보겠습니다.

먼저, '무조건성'이 가능하다고 믿는 것 자체가 너무 순진하다는 발상입니다. 이들은 사람들의 삶에서 선택적 강화는 불가피하다고 봅니다. 그러니까 어떤 행동(일반적으로 바람직하다고 평가되는 행동)을 보상하고 어떤 행동(일반적으로 바람직하지 못하다고 평가되는 행동)을 처벌하는 것은 사람들의 일상에서 자연스럽게 일어나는 일이라는 거지요. 따라서 상담자가 보다 적응성이 강한 행동을 하도록 청담자를 강화하는 일은 결코 나쁘지 않다고 믿습니다. 특히 청담자가 은연중에 상담자를 모범으로 삼아 학습하는 모델링 효과를 보면 무조건성을 주장하기 어렵다고 합니다.

상당히 수긍이 가는 이야기입니다. 외부 행동에 초점을 맞추는 한 사람들은 항상 선택적 반응을 벗어날 수 없고 따라서 상대방을 무조건적으로 수용할 수가 없습니다. 상대방의 행동에 대한 선택적 반응은 항상 어느 방향의 메시지를 담고 나타나니까요. 상대방의 행동에 반응하지 않는 것도 전후 맥락과 관련지어 보면 어떤 종류의 메시지를 담고 있기 마련이고, 그래서 늘 조건적일 가능성이 높습니다. 그런데 우리가 말하는 수용에서 무조건성이 적용되는 초점은 외부 '행동' 이 아니라 내부 '체험' 입니다. 즉, 상대방의 내면에서 진행되는 생각, 감정, 심상, 욕구, 감각 등 모든 체험이 그 내용입니다. 상대방이 겪을 수 있는 모든 체험에 대하여 아무런 토를 달지 않고 다 인정하고 받아들이는 거지요. 그리하여 상대방이 그동안 이런저런 이유로 피하고 숨기고 억압해 왔던 체험들을 그야말로 마음껏 접하고 자유롭게 탐색할 수 있도록 도와주는 거지요. 외부 행동이 아니라 내부 체험이라면, 조건 없이 수용하는 일이 충분히 가능할 수 있습니다.

외부 행동이 아니라 내부 체험에 초점을 둬도 상대방에게 영향을 주지 않을 수는 없다고 주장할 수도 있습니다. 관계의 성격에 따라 서로의 체험에 영향을 주는 정도가 다를 수는 있지만, 일단 누군가와 관계를 맺고 상호작용을 시작하는 것 자체가 체험에 영향을 미치는 행위라는 거지요. 따라서 상대방에게 끼치는 모든 영향을 배제하려는 비지시성이나 무조건성은 환상에 불과하다는 겁니다. 맞습니다. 무조건성 역시 분명하게 상대방에게 영향을 끼치려는 방향이 있습니다. 이런 점에서 무조건적이라는 말이 적합하지 않을 수도 있겠습니다만, 무조건성이 지향하는 방향은 상대방의 자기체험을 더 증가시키는 쪽에 맞춰져 있다는 점에서 특별합니다. 그러니까 관계의 한쪽에 있는 사람이 끼치는 영향이 관계의 다른 쪽에 있는 사람의 내적 체험을 풍성하게 한다는 건데요, 결과적으로 보면 이건 한쪽이 다른 쪽에 미치는 영향력이 커지는 게 아니라 다른 쪽의 내적 힘, 다시 말해 자기체험 능력과 자기결정력이 커진다는 점에서 우리가 일반적으로 생각하는 '영향' 과 상당히 다른 모습을 띠고 있습니다. 이런 방향으로 작용하는 영향은 무조건적 수용에서도 절대적으로 환영하는 바입니다.

로저스(Rogers) 역시 상담관계에서 상담자가 청담자에게 영향을 준다는 사실에 반대하지 않았습니다. 말년에 그는 '조용한 혁명' 이라는 표현을 써 가며 상담자의 역할을 언급하기도 했습니다. 로저스가 반대한 것은 통제, 조작, 압력 그리고 권력 따위의 사용입니다. 인간중심상담은 청담자 스스로 자기 인생을 만들어 간다는 사실을 존중합니다. 상담자는 그 과정에 도움을 주려고 할 따름입니다. 상담자의 도움을 활용할 것인지 말 것인지, 얼마나 빨리 얼마나 깊이 얼마나 오래 활용할 것인지 등을 결정하는 것조차 모두 청담자에게 달려 있습니다. 이런 점에서 상담자가 청담자에게 끼치는 영향은 전통적 의미의 맹목적 조건화와 전혀 다르다고 말할 수 있습니다.

　무조건적으로 수용하는 태도를 상대방은 무관심 내지는 방관으로 지각할 수 있다는 지적도 있습니다. 특히 심각한 장애를 가진 청담자들이 이런 특징들을 보일 수 있다고 합니다. 따라서 상담자가 좀 더 조건적이고 요구하는 태도를 가지는 것이 상대방의 행동을 치료하고 변화시키는 데 효과적이라는 주장입니다.

　'행동을 변화시키는 활동' 이라고 상담을 한정한다면, 앞의 주장이 맞습니다. 하지만 상담은 인격과 인격의 만남이라는 보다 큰 활동을 뜻합니다. 문제 행동이 개선되고 치료되는 결과는 상담이 지향하는 인격적 만남의 부산물로서 가치가 있습니다. '행동' 보다 '인격' 이 우선된다는 말입니다. 무조건성은 인격적인 만남을 가능케 하는 하나의 전제 조건입니다. 청담자가 현재 지니고 있는 모습과 앞으로 더 성숙해야 할 모습을 있는 그대로 받아들일 때, 다시 말해 청담자가 간직하고 있는 인격의 가치와 그 성장 가능성을 조건 없이 인정할 때 비로소 상담자와 청담자는 억압과 가식이 없는 진정한 관계 속으로 들어갈 수 있습니다. 이 때 청담자는 상담자가 열린 마음으로 자기 옆에 서 있음을 알 수 있습니다. 자기가 아무리 요란한 환상을 펼치고, 아무리 반사회적이고 자기파괴적인 체험에 시달리고, 심지어 상담자와의 관계를 아무리 힘든 상태로 끌고 가더라도 상담자가 자기를 실망시키지 않으리라는 사실을 깊은 마음속에서 '아는' 거지요. 따라서 제대로 된 무조건성은 무관심과 아무런 관련이 없습니다. 오히려 상대방에 대한 깊은 관여와 신뢰라고 하는 편이 맞습니다. 상대방을 성장과정에 있는 인격으로 받아들이고 만남이라는 과정을 통해 그의 가능성을 확증함은 물론 그 가능성의 실현을 돕는 활동이 바로 그 내용이니까요. 인격적 만남, 이는 정상적인 사람에게나 심한 장애를 가진 사람에게나 똑같이 적용되는 상담의 원리입니다.

비소유적(으로)

비소유적(으로), 즉 'non-possessive' 라는 수식어도 수용을 말할 때 자주 언급됩니다. 자칫 수용이 소유와 혼동될 수 있음을 경계하기 위해 그런 것 같습니다. '비소유' 는 소유(所有)에 아닐 비(非) 자가 붙어서 만들어진 용어입니다. 소유하지 않는다는 거지요. 따라서 '비소유적' 의 뜻을 제대로 이해하려면 먼저 '소유

적'이라는 말에 대하여 이해할 필요가 있습니다. 소유는 '가지고 있음'을 뜻합니다. 따라서 '소유적'이라는 말은 무엇인가를 가지려고 하는 태도를 일컫는다고 보면 됩니다. 그렇다면 관계에서 '가지려는' 소유적 태도가 왜 문제가 될까요?

소유적 태도는 상대방을 '내 것'으로 여깁니다. 그러니까 상대방을 자신이 가진 자산의 하나로 보고 자신이 원하는 대로 마음껏 활용할 수 있는 물건으로 대하는 거지요. 마틴 부버(martin Buber)

가 말하는 '나-그것'의 관계가 바로 이것을 말합니다. 이 태도 속에서 상대방의 인격에 대한 배려는 찾아볼 수 없습니다. 상대 방이 나와 분리된 인격이고 나름의 고유하고 독자적인 삶을 살 아가는 개체라는 인식 자체가 없는 거지요. 소유적 태도를 가진 사람에게 상대방은 그저 내가 원하는 대로 행동하고 내가 필요 할 때 등장해서 내 욕구를 채워 주면 되는 존재입니다. 그러므로 아무런 거리낌이나 부담을 느끼지 않고 자신의 필요에 따라 상 대방을 관리하고 이용하고 착취하려 듭니다. 심지어 사랑조차도 마치 꽃을 꺾듯이 상대방을 정복하고 가지는 일로 생각합니다.

상철 씨는 요즘 어머니 때문에 미치겠습니다. 어머니는 얼마 전에 K 주식회사 회장의 딸과 강제로 선을 보게 하더니 이제는 상철 씨의 의견도 묻지 않은 채 결혼 준비를 착착 진행 시키고 있습니다. 사랑하는 여인이 따로 있다는 상철 씨의 말 에도 아랑곳하지 않고 어머니는 막무가내로 상철 씨의 결혼을 밀어붙입니다. "사랑? 그거 시간 지나면 별거 아니야. 결혼은 피차 격이 맞는 집안끼리 해야 좋은 거야. 너는 암 말도 말고 내가 시키는 대로 해. 이게 다 너 잘되고 집안 잘 되라고 하는 일이야." 어머니는 이런 말로 상철 씨의 입을 막아 놓고 자기 멋대로 아들의 결혼을 추진하고 있습니다.

노골성의 정도에서는 다소 차이가 있지만 상대방이 나와 하나로 이어져 있다고 보는 태도 역시 소유적인 태도입니다. 나의 계속됨 또는 나의 확장이라는 시각에서 상대방을 바라볼 때 상대방의 개체성이나 독립성은 인정되기 어렵습니다. 흔히 자녀를 자신의 분신이라고 여기는 사람들이 있는데요, 이 경우 부모는 자기가 못다 이룬 기대와 소망을 자녀를 통해 이루려는 꿈을 갖습니다. 자녀에 대한 부모의 과도한 동일시 혹은 못다 이룬 꿈의 투영은 자녀에게 엄청난 부담이 됩니다. 흔히 사랑이라는 이름으로 행해지는 부모의 행동이 알고 보면 자녀에 대한 학대와 고문에 지나지 않는 경우도 많습니다. 영재가 아닌데도 영재교육을 받아야 하는 수많은 한국의 어린이들이 받는 상처를 생각해 보신 적이 있습니까?

✉ 어려서부터 영특하다는 평을 듣고 자란 영자 씨는 아버지의 꿈이었습니다. 대학 문턱에도 가 보지 못한 아버지는 명문 대학에 진학해야 한다는 말을 귀에 못이 박히도록 되풀이했습니다. 중·고등학교 때까지 영자 씨는 아버지의 기대에 어긋나지 않게 학교에서 늘 상위권 성적을 유지했습니다. 그런데 아뿔싸, 수능 시험을 망쳐 버렸습니다. 긴장을 심하게 했는지 잘하던 수학과 국어에서 3등급을 받게 되었고 결국 원하는 대학에 들어가지 못했습니다. 아버지를 실망시키는 게 죽

기보다 싫었던 영자 씨는 이 사실을 숨기고 명문 S 대학에 합격했다고 아버지에게 거짓말을 하고, 기숙사에 들어가야 한다며 집을 나왔습니다. 그 후 영자 씨의 생활은 엉망으로 변해 버렸습니다. PC방을 오가며 시간을 죽이고 남자들과 술자리를 같이 하다가 성관계를 갖기도 했습니다. 그러다 덜컥 아기를 갖게 되었고 결국 낳은 아기를 화장실에 버려 유기를 하는 죄를 저질렀습니다.

소유적 태도를 가진 사람의 마음은 이미 무엇인가로 가득 차 있습니다. 마음이 온통 가지려고 하는 대상에 쏠려 있기 때문입니다. 마음이 이렇게 가득 차 있으면 다른 것이 들어올 여지가 없지요. 사람들과의 관계에서도 마찬가집니다. 관계를 통해 가지려는 무엇인가가 마음을 차지하고 있으면 상대방이 들어올 자리는 남겨져 있지 않습니다. 상대방은 오로지 자기가 가지려고 하는 것과 관련해서만 의미가 있을 따름입니다. 이렇게 마음이 딴 데 가 있으니 상대방이 보일 리가 없습니다. 그가 무슨 말을 하고 있는지 무엇을 원하는지 도무지 관심도 없고 알 수도 없는 거지요. 그야말로 소통이 꽉 막힐 수밖에 없습니다. 그러니 상대방을 형식적으로 대하고 무시하고 명령하고 위협하고 상처 주는 일을 아무렇지 않게 행할 수 있습니다.

🎈 현빈 씨는 가족회의를 싫어합니다. 가족회의라고 불러 놓고는 결국은 아버지가 원하는 대로 모든 것을 결정하기 때문입니다. 아버지가 원하는 대로 할 거면 가족회의는 왜 하는지 모르겠습니다. 의견을 말하면 묵살하거나 야단치기 일쑤여서 다른 가족들은 아예 입을 열지도 않습니다. 민주적임을 가장하는 아버지가 참 어이없습니다.

소유적 태도는 다른 사람들에게 여러 가지 부정적 정서를 일으킨다는 점에서도 문제입니다. 남보다 더 많이 가지려고 하면 협동과 조화보다 경쟁과 대립을 지향하게 됩니다. 다른 사람들에 대해서도 경쟁심과 적대감을 가질 수밖에 없습니다. 이런 사람들은 내가 혹시 경쟁에서 지지나 않을까 늘 불안과 두려움에 사로잡혀 지냅니다. 갈등과 질투 또한 문제가 될 수 있습니다. 소유적 태도를 가진 사람은 자신이 좋아하는 대상을 다른 사람도 좋아한다는 사실을 못 견뎌 합니다. '내 것'을 남과 공유할 수는 없으니까요. 따라서 같은 상대를 소유하려는 제삼자와 갈등을 겪고 그를 질투하게 되는 거지요. 방어적인 자세를 취하게 되는 것도 문제입니다. 소유적인 사람은 더 많이 가지려고 하는 동시에 자기가 가진 것을 빼앗기지 않으려고 합니다. 그러다 보니 자기가 가진 것을 안전하고 확실하게 지키는 것을 선호하게 되는데요, 그 결과 새로운 것이나 변화에 대해 강력한 의심의 눈초리를 던집니다. 그래서 이런 사람과 대화를 하다 보면 어딘가 닫혀 있고 꽉 막힌 느낌, 굉장히 굳어 있다는 느낌을 강하게 받습니다.

자, 지금까지 관계에서 소유적 태도가 왜 문제가 되는지 살펴보았는데요, 이런 문제는 비소유적 태도를 취하면 그냥 사라지고 맙니다. 비소유적 태도는 달리 말하면 '누림에 충실한 태도'라고 말할 수 있습니다. 그러니까 상대방을 가지려고(to have) 하기보다 누리려고(to enjoy) 하는 거지요. 일찍이 에리히 프롬(Erich Fromm)은 『소유냐 존재냐』라는 책에서 소유적 양식과 존재적 양식을 대비시킨 바 있는데요, 그가 말하는 존재적 양식은 누림을 강조하는 비소유적 태도와 같습니다. 자, 그럼 이번에는 '~이 아니다' 고 소극적으로 풀이하는 수준을 떠나 '~이다' 고 주장하는 방식으로 관계에 대한 비소유적 태도를 말해 봅시다.

비소유적 태도는 상대방을 자기와 근본적으로 다른 존재로 봅니다. 그리고 그 다름을 존중하고 즐기려고 합니다. 따라서 상대방의 삶에 개입하고 참견하고 조정하려고 하는 대신, 상대방이 펼치는 삶의 과정을 지켜보고 이해하고 공감하는 데 관심을 쏟습니다. 마틴 부버가 말하는 '나-너' 의 관계가 바로 이것입니다. '나' 와 상대방은 처음부터 분리된 인격이며 깊은 만남을 통해 서로를 알아 갈 수 있을 따름입니다. 따라서 상대방을 만날 때 온갖 선입견과 편견을 버린 채 신선한 자세로 임하고, 상대방을 도울 때 자기의 판단이 아니라 상대방에게서 우러나오는 자아실현성에 따르려고 합니다. 온힘을 다해 상대방의 말에 귀를 기울여 경청하고 상대방이 진정 원하는 것이 무엇인지 깊이 이해하려고 노력하는 거지요. 상대방이 자아를 실현해 가는 과정을 지켜보는 일은 나에게 커다란 즐거움이요 기쁨이 됩니다.

이런 비소유적 태도는 혈육을 대할 때도 마찬가집니다. '내' 몸을 빌어 세상에 태어났을지언정 자식 역시 '나' 와 독립된 인격체입니다. 그는 '나'의 연장도 아니요, '나'의 분신도 아닙니다. 따라서 자기 나름대로 고유한 삶을 살아갈 자격이 있습니다. 부모로서 자식이 독립적으로 성장할 수 있도록 돕지만, 이를 빌미로 자식에게 굴레를 씌우거나 세상을 살아가는 '올바른(?)' 방법을 억지로 가르치려 하지도 않습니다. 압박하고 학대하지 않음은 물론이요 자녀를 과잉보호하지도 무시하지도 않습니다. 자녀의 성장에 온 관심을 기울이되 자기주도성을 바탕으로 자녀 스스로 자기 삶을 결정하는 힘을 배양할 수 있도록 최대한의 배려와 지원을 아끼지 않습니다. 이 과정에 행여 부모인 자신의 기대가 자녀에게 투사되지나 않을까 항상 조심하고 경계합니다.

동건이 아빠는 동건이가 어릴 때부터 동건이의 의사를 존중하며 아주 자유분방하게 키웠습니다. 예를 들면, 동건이가 초등학생이었을 때, "태권도 학원 사범님이 너무 무서워서 그만 다니겠다."라고 말하자 동건이의 의사를 존중해서 그렇게 하도록 했습니다. 중학교 때는 시험공부를 전혀 하지 않고 시험을 보면 몇 등이 나오는지 실험을 해 보겠다는 걸 굳이 말리지 않았습니다. 고등학교 때는 "지금처럼 학교에 다니며 공부해서는 원하는 대학에 가는 게 불가능하므로 자퇴를 하겠다." 라는 걸 한 달 간 심사숙고하게 한 후 허락했습니다. 이처럼 동건이 아빠는 매사에 동건이가 스스로 판단하고 결정해서 행동하도록 도왔습니다. 지금 대학 생활을 하고 있는 동건이는 지나온 자기 삶이 참 좋았다고 기억합니다. 그리고 늘 그래 왔듯이 앞으로도 자기가 원하는 행복한 삶을 개척해 갈 수 있다는 자신감으로 가득 차 있습니다.

무엇인가를 가지지 않으려면 마음을 비워야 합니다. 마음은 원래 무엇인가를 담게 되어 있기 때문에 순간순간 비우지 않으면 항상 채워진 상태로 남아 있습니다. 그런데 마음이 채워져 있으면 새로운 것이 들어올 자리가 없어서 늘 그 상태 그대로 있게 됩니다. 비소유적 태도는 늘 마음을 비우려고 하는데요, 다른 사람을 만날 때도 마찬가집니다. 자신의 마음에 무엇인가를 담고 있으면 상대방의 말이 제대로 들어오지 않아서 상대방을 이해하는 일이 어렵습니다. 따라서 마음을 비운 채 자신의 모든 감각을 동원하여 상대방에게 집중합니다. 상대방이 이끄는 곳이면 어디든 주저하지 않고 따라가고 자신의 생각이나 판단이 개입되지 않도록 최선을 다해 경계합니다. 마치 자기 자신을 망각한 것처럼 자기가 알고 있는 지식이나 경험을 모두 뒤로 한 채 상대방에게 몰입하는 거지요. 이렇게 할 때 상대방의 깊은 마음속과 접촉하는 참만남이 일어나고 서로가 성장하는 기쁨을 누릴 수 있습니다. 그러니까 비소유적 태도에는 참만남이 일어나는 비결이 숨어 있습니다.

빈 마음으로 사람들을 대할 때 우리는 평안함과 고요한 즐거움을 누립니다. 경쟁이 아니라 상호 성장을 지향하고, 대립이 아니라 공존을 지향하는 만남 속에서 '나'와 상대방은 자유롭게 서로를 탐색하고 표현하고 노출할 수 있습니다. 이런 관계 속에서 대화는 자발적이고 생산적으로 이루어집니다. '나'의 생각과 '너'의 생각이 어우러지면서 새로운 생각들이 탄생되기도 하고, 깊은 공감을 통해 고립된 자아의 감옥을 벗어나는 체험을 하기도 하며, 단단한 연대감을 바탕으로 자기실현과 자기완성을 향해 가는 경험을 하기도 합니다. 이런 태도를 가진 사람을 만날 때 우리는 활짝 열려 있다는 느낌, 편안하면서도 생산적이라는 느낌을 받습니다. 마치 애정이 깃든 눈빛으로 세상을 내다보듯 따사로운 느낌이지요. 비소유적 태도는 나와 상대방 모두를 성장하게 하는 훌륭한 선물입니다. "마음이 가난한 자는 복이 있다." "마음 한 번 비우면 천국이 여기 있다."라는 말이 모두 인류가 터득한 진리라는 사실을 새삼 깨닫습니다.

마지막으로 소유적 태도와 비소유적 태도를 선명하게 대조할 수 있는 시 두 편을 소개하겠습니다. 에리히 프롬이 인용한 시이기도 합니다. 소재는 꽃입니다.

갈라진 벽 틈새에 핀 꽃이여,

나는 너를 그 틈새에서 뽑아내어,

지금 뿌리째로 손 안에 들고 있다.

작은 꽃이여 – 그러나 만약 내가 뿌리째 너를,

너의 모든 것을 알 수 있다면,

신과 인간이 무엇인지도 알 수 있으련만.

(테니슨)

눈여겨 살펴보니

울타리 곁에 냉이꽃이 피어 있는 것이 보이누나!

(바쿠)

긍정적(으로)

'긍정적(으로)'이라는 용어도 수용의 수식어로 종종 쓰입니다. 특히 인간주의 상담에서는 수용을 '무조건적 긍정적 존중(unconditional positive regard)'이라고 하여 무조건성과 긍정성을 모두 수용의 방법으로 중요하게 다룹니다.

긍정성은 상대방의 존재와 행동을 좋게 바라보고 좋게 대한다는 뜻입니다. 그러니까 상대방이 어떤 상태에 있든 무슨 행동을 하든 항상 우호적으로 대한다는 거지요. 그래서 거짓말을 하거나 심지어 반사회적 행동을 하더라도 상대방을 좋게 바라보는 시선이 훼손되어서는 안 된다고 합니다. 오해의 가능성이 있으므로 이 말은 아주 조심스럽게 해석해야 합니다. 특히 상대방을 우호적으로 대하는 것과 상대방에게 동의하는 것이 다르다는 점을 분명히 할 필요가 있습니다. 상대방이 나와 다른 생각을 할 때 그 생각에 우호적인 태도를 가지면서도 나는 그 생각에 동의하지 않을 수 있습니다. 예를 들어, 토론을 할 때 나와 반대 의견을 가진 사람에 대해서 내가 반드시 적개심을 가지는 것은 아닙니다. 비록 반대 의견이지만 그 의견을 존중할 수 있고, 반대 의견을 내는 사람을 그렇게 할 수 있는 권리와 자격을 갖춘 사람으로 좋게 대할 수 있습니다. 따라서 우호적으로 대하는 것이 꼭 그 사람에게 동의하고 승인하는 것을 뜻하지는 않습니다. 상대방이 살인 행동을 했다면 어떨까요? 사람을 죽였는데도 그 사람을 긍정적으로 대해야 할까요? 긍정성의 원리로 보면 그렇습니다. 살인 행동에 절대로 동의하지 않지만 살인 행동으로 인해 그의 모든 것이 전부 다 부정되는 것은 아닙니다. 이에 관련된 자세한 논의는 앞 장에 있는 행동의 수용에서 이미 다루었으므로 그 부분을 참고하기 바랍니다.

긍정성에는 상대방을 향한 배려와 자비도 포함됩니다. 상대방을 긍정적으로 대하는 태도는 상대방을 보살피거나 그에게 필요한 도움을 주는 행동으로 나타나기 때문입니다. 상담은 대부분 상대방(청담자)이 곤란하고 힘든 상황에 처할 때 시작됩니다. 이때 청담자가 처한 상황에 대해 상담자가 자비심을 품고 자상하게 다가서지 않으면 청담자에게 도움이 되는 상담이 이루어지기 어렵습니다. 상담자의 자비심과 자상한 배려가 결여된 상담은 청담자에게 오히려 상처를 남길 수도 있습니다. 그러나 자비심을 품고 상대를 배려할 때에도 조심해야 합니다. 가엾고 불쌍하다고 마음 내키는 대로 상대방을 무작정 도와주는 행동은 금물입니다. 상담은 어디까지나 청담자의 자기주도성을 향상시키는 활동입니다. 따라서 청담자에게 자비심을 갖고 배려하는 행동도 항상 여기에 초점을 맞춰야 합니다. 상담자의 배려가 거꾸로 청담자의 의존성을 키운다면, 그리하여 청담자의 자기주도성을 해치는 쪽으로 작용한다면, 그건 더 이상 상담이라고 말하기 어렵습니다. 그러므로 상담자는 자신과 청담자의 관계를 예민하게 살펴야 합니다. 자기 내면에서 청담자를 향한 긍정적인 마음이 끊임없이 일어나게 하는 한편, 그 긍정성이 청담자의 자기주도성을 향상시키는 데 도움을 줄 수 있도록 섬세하게 관여해야 합니다.

✉ 김 선생님은 요즘 필순이를 어떻게 해야 할지 고민이 많습니다. 필순이는 3학년 담임을 맡고 처음 만난 반 아이들 중 유독 눈에 들어오는 아이였습니다. 말도 별로 없고, 늘 혼자 떨어져 지내고, 얼핏 봐도 무척 외로워 보였습니다. 알고 보니 필순이 어머니는 아주 오래 전에 집을 나갔고 필순이는 지금 아버지와 단 둘이 살고 있었습니다. 그러니까 필순이는 말로만

듣던 애정결핍 아동이었습니다. 필순이에게 부족한 애정을 채워 주리라 결심한 김 선생님은 그때부터 필순이에게 온 정성을 다 쏟아부었습니다. 아침에 학교에 오면 밝은 얼굴로 안아 주었고 공부하는 일, 노는 일, 친구 사귀는 일까지 모든 면에서 필순이를 챙겨 주었습니다. 처음에 머뭇거리던 필순이도 점차 김 선생님의 행동에 반응을 보이더니 이제는 아주 밝아졌습니다. 그런데 문제가 생겼습니다. 필순이가 김 선생님 곁을 떠나려고 하지 않는 것입니다. 수업 시간은 물론이요 노는 시간에도 김 선생님 곁에 꼭 붙어 있고, 김 선생님이 일이 있어 잠깐 밖에 나갈 때에도 김 선생님 치마폭을 잡고 따라옵니다. 아무리 타이르고 훈계를 해도 필순이는 이런 행동을 멈추지 않습니다.

상대방을 향한 긍정성은 따뜻한 느낌으로 나타나기도 합니다. 좋아하는 사람을 생각하면 따뜻한 느낌이 드는 것처럼, 상대방을 긍정적으로 대할 때에도 속에서 따뜻한 느낌이 올라옵니다. 사실 상대방에 대한 긍정적인 태도와 따뜻한 느낌은 어느 것이 먼저인지 순서를 가리기 어려울 정도로 하나로 엮여 있습니다. 어쨌든 만남의 한쪽(상담자)으로부터 흘러나오는 이 따뜻한 느낌은 다른 쪽(청담자)에도 전달되어 두 사람 사이에 부드럽고 화기애애한 분위기를 형성합니다. 청담자는 이런 상담자와의 관계 속에서 마치 마음의 안식처를 찾은 듯 편안함을 느낍니다. 이런 분위기는 신속한 라포의 형성을 돕고 청담자가 자신을 찬찬히 들여다볼 수 있도록 합니다. 모든 성장의 밑바탕에는 이런 따스함이 배어 있습니다. 푸른 새싹이 움트는 데에도 따뜻한 봄이 필요하듯, 사람의 성장에도 따뜻한 관계가 필수적입니다.

상담자들은 성공적인 상담의 특징으로 상담자와 청담자가 서로에 대해 긍정적인 감정을 갖고 있다는 점을 들고 있습니다. 상담이 잘 진행될 때는 상담자와 청담자 사이에 서로를 좋아하는 마음이 일어난다는 것이지요. 혹은 서로를 좋아하는 마음이 생겼기 때문에 상담이 잘 진행되는 것일 수도 있습니다. 때로는 이 좋아하는 감정이 지나쳐 잘못된 애정과 사랑으로 변질되기도 합니다만, 서로를 좋아하는 감정이 좋은 상담 관계의 특징인 것만은 분명합니다. 상담자와 청담자 사이에 생기는 이런 좋아하는 감정을 전이 또는 역전이라고 나쁘게 평가하는 사람들도 있는데요, 이 감정은 상담자와 청담자가 체험을 공유하고 서로를 학습해 가는 과정에서 당연히 따라오는 결과라고 보는 편이 더 적절할 듯합니다. 서로를 알아 가며 느끼게 되는 일종의 형제애 내지는 공동체 의식이라고 할까요. 어찌됐든 상담자가 청담자를 긍정적으로 대하고 좋아하는 태도는 청담자의 자유로운 자기탐색과 성장을 위해서도 반드시 필요한 요소입니다.

●● 수용의 서술어

　　　자, 이제 수용의 서술어에 대해 살펴봅시다. '받아들인다' 를 뜻하는 수용은 받아들이는 행동을 무엇에 대하여 어떻게 하는가에 따라 보다 구체적인 형태를 띠게 되는데요, 이 구체적인 형태들은 수용과 더불어 사용되는 다양한 서술어 속에서 찾을 수 있습니다. 간단하게 이 서술어들의 의미를 살펴보도록 합시다.

승인하다(approve)

'승인하다' 는 어떤 사실을 마땅하다고 받아들인다는 뜻입니다. 여기서 '마땅하다' 의 뜻은 '행동이나 대상이 일정한 조건에 알맞다' 또는 '흡족하게 마음에 들다' 로 풀이되는데요, 조건에 맞는 행동이나 대상이 있다는 것을 전제로 하기 때문에 조건적인 받아들임이라는 것을 알 수 있습니다. 수용의 수식어로 가장 많이 사용되는 용어가 '무조건적' 임을 생각해 볼 때 '승인하다' 는 매우 제한적인 받아들임이라고 말할 수 있습니다. 승인이라는 용어가 공적인 자리에서 공적인 행위를 지칭할 때 많이 사용되는 것만 보아도 그렇습니다.

인정하다(acknowledge)

'인정하다' 의 사전적인 뜻은 '확실히 그렇다고 여긴다' 입니다. 그러니까 아무런 의혹 없이 그대로 다 받아들인다는 거지요. '만남의 철학' 을 말하는 분들은 '인정하다' 에 특별한 의미를 부여하고 있습니다. '인정하다' 는 조건 없이 하나의 인격으로서 타자(상대방)에 대하여 '예' 라고 말하는 삶의 태도를 일컫는다는 것입니다. '그러나' 를 붙이지 않고 무조건 상대방을 받아들인다는 거지요. 이들은 인정의 과정을 몇 가지 단계로 나누어 설명하고 있습니다. 먼저, 상대방에게 호기심을 갖고 그와 마주보기를 하는 단계입니다. 여기서는 분리된 인격체로서 상대방의 존재에 관심을 가질 뿐 아니라 상대방이 자기 자신을 이해하는 방식 그대로 상대방을 이해하려고 노력한다는 단서가 붙습니다. 둘째, 상대방 나름의 고유하고 특수한 존재의 방식을 있는 그대로 받아들이는 단계입니다. 상대방을 판단하거나 평가하지 않는다는 것인데요, 만남을 통해서 상대방이 아무런 구속이나 제한을 받지 않고 자기의 고유한 모습을 드러내고 실현할 수 있는 토대를 갖추게 하는 거지요. 셋째, 상대방에게 정서적으로 다가서는 단계입니다. 상대방에게 따뜻한 관심을 품고 다가서되 참견하지 않고, 섬세하게 배려하되 소유하려고 하지 않는 단계입니다. 그리하여 상대방이 편안한 마음으로 자신을 열어 놓고 표현할 수 있는 분위기를 만드는 거지요. 마지막으로, 상대방의 자아실현 과정에 함께하는 단계입니다. 이 단계에서는 상대방에게 무슨 일이 일어나든지 함께하면서 그 모든 것을 상대방의 가치와 권위가 담긴 귀중한 체험과 경험으로서 존중합니다. 굳은 믿음을 가지고 상대방이 기술하고, 개방하고, 노출하는 모습을 있는 그대로 받아들입니다. 이런 과정을 통해 상대방은 자기 내면에 숨어 있던 많은 가능성을 실현해 갈 수 있다고 합니다.

확증하다(confirm)

'확증하다'의 사전적인 뜻은 '확실히 증명하다' 입니다. 어떤 사실이 존재함을 확실하게 증거를 들어 받아들인다는 말입니다.

'만남의 철학' 에서는 '확증하다' 를 앞에서 말한 '인정하다' 와 동일한 맥락으로 설명합니다. 둘 다 인격적인 만남 및 자아실현 과 관련되어 있다고 보는 거지요. 다만, '확증하다' 는 말은 그 초점이 현재뿐 아니라 미래에도 가 있습니다. 그러니까 지금까지 상대방이 만들어 온 모습뿐 아니라 상대방이 앞으로 실현할 가능성까지도 존중하며 받아들인다는 겁니다. 아직 활성화되지 않은 가능성을 확실한 것으로 여기고 수용한다는 데에 특별한 의미가 담겨 있습니다. 참만남은 확증함을 통하여 상대방의 진짜 가능성을 수용하고 또 이를 실현하는 길이 될 수 있다고 합니다.

존중하다(regard)

'존중하다' 의 사전적인 뜻은 '높이어 귀중하게 대하다' 입니다. 여기에는 목적어가 생략되어 있는데요, 존중하다와 비슷한 말인 존경하다의 사전적인 뜻이 '남의 인격, 사상, 행위 따위를 받들어 공경하다' 인 것을 보면, 존중하는 행동 역시 상대방의 인격, 사상, 행위 따위를 목적으로 삼는다고 말할 수 있겠습니다. 한마디로 상대방의 모든 것을 높여서 소중하게 대한다는 뜻이지요. 이렇게 보면 존중은 수용보다 한 단계 높은 수준의 받아들임이라고 말할 수 있습니다. 존중은 단순히 상대방을 받아들이는 수준을 넘어서서 상대방을 높여서 받들 정도로 소중하게 대하는 것이니까요. 지금까지 글을 읽으면서 느끼셨겠지만, 수용과 더 붙어 또는 수용을 대신해서 가장 많이 쓰이는 서술어가 존중입니다.

깊이 이해하다(deeply understand)

무엇인가를 받아들이려면 그 무엇인가에 대하여 잘 이해할 필요가 있습니다. 그래서 보통의 경우 이해가 선행되고 다음에 수용으로 이어집니다. 그러나 아무래도 이해와 수용을 같은 개념으로 보기에는 무리가 있습니다. '깊이' 라는 수식어는 그래서 붙여진 듯합니다. 상대방을 이해하되 깊이 이해한다는 것인데요, 여기서 '깊이' 는 '공감적' 이라는 의미를 담고 있습니다. 공감적이라는 말은 상대방의 내면에 들어가 마치 상대방이 지각하는 것처럼 지각한다는 뜻을 가지고 있는데, 바로 상대방의 내면에서 진행되는 지각 과정을 받아들여 그와 하나 되는 순간이 수용과 같다고 보는 거지요. 공감적 이해를 수용의 한 형태로 보자는 주장이 가능한 이유가 여기에 있습니다. 하지만 지적으로 사리를 분별해 아는 이해와 마음으로 존재 전체를 받아들이는 수용 사이에는 분명한 차이가 있습니다. 어떤 사람의 말대로 '머리 지식' 과 '가슴 지식' 의 차이라고나 할까요.

다음부터 설명하는 세 가지 서술어는 특히 자기 수용과 관련되어 있습니다. 더러 타자에 대하여 사용되기도 합니다만, 그 초

점이 주로 자기 자신의 수용에 가 있습니다.

열다(open)

우리 내면에는 수많은 작은 자아가 있습니다. 이 작은 자아들은 상황에 따라 여러 소리를 냅니다. 이 소리들을 아우르면서 하나의 전체로 기능하는 자아를 '주관하고 다스리는 자아'라고 합니다. 그런데 이 주관하고 다스리는 자아는 때로 자기의 체험이나 경험 세계에 대하여 지나치게 닫혀 있는 경우가 있습니다. 예를 들어, 외상적 경험을 한 적이 있다면 그 경험을 되살리는 모든 자극과 단서를 아예 피해 버립니다. 이렇게 되면 외상적 경험이 치유될 가능성은 희박해집니다. 외상적 경험을 치유하려면 무엇보다도 외상적 경험이 있었다는 사실을 받아들이는 일이 중요하기 때문이지요. 이 경우 외상적 경험에 대해 닫혀 있던 자아의 문을 여는 일부터 시작해야 합니다. 자아의 문을 열어서 그동안 감추고 숨기고 억압했던 경험들을 제대로 알아차리는 일이 수용의 첫걸음이 되는 거지요. 우리가 살아오면서 자아의 문을 닫은 경험이 어디 외상적 경험뿐이겠습니까? 이런저런 이유로 주관하고 다스리는 자아가 닫아 놓은 체험과 경험은 엄청나게 많습니다. 그 결과 이 자아 자체가 딱딱하게 굳어 있기도 하고요. 주관하고 다스리는 자아를 부드럽고 융통성 있게 만드는 일, 그리하여 내면에서 일어나는 온갖 일을 모두 알아차릴 수 있도록 자아의 문을 열어 놓는 일은 모두 자기를 받아들이고 수용하는 행동이라고 말할 수 있습니다.

높이 평가하다(prize)

자기를 수용하는 두 번째 단계는 자기 체험이나 경험을 가치롭게 여기고 높이 평가하는 일입니다. 흔히 우리는 자기 체험과 경험 중에 부정적인 것들은 마주하지 않으려고 합니다. 그래서 그런 것들은 늘 어둡고 그늘진 곳으로 밀쳐 두곤 합니다. 자기 것인 줄 알면서도 받아들이지 않기 때문에 이런 부정적인 자기 체험이나 경험은 항상 낯설고 어색하게 남아 있게 되지요. 자기를 온전하게 수용하려면 마음을 열고 이 어둡고 그늘진 부분까지 받아들일 수 있어야 합니다. 아니, 그냥 받아들이는 데서 그치는 것이 아니라 이를 자기 것으로 간직하고 그 가치를 인정해야 합니다. 따지고 보면 부정적인 경험들 역시 지금까지 살아오는 데 일정한 역할을 하고 있었음을 알 수 있습니다. 그러니까 나의 생존과 적응에 나름대로 기여하고 있었던 거지요. 이들의 역할을 인정하고 적극적으로 보듬을 때 부정적인 체험과 경험 역시 자기 속에 통합되어 새로운 의미를 가질 수 있습니다.

사랑하다(love)

자기를 수용하는 최고 단계는 자신에 속한 모든 것을 사랑하는 일입니다. 마치 이성을 사랑하듯 자기 자신을 열렬하게 좋아하는 거지요. 다른 사람의 눈에는 어떻게 보일지 모르지만 자기에게 속한 것이니까 특별한 애정을 듬뿍 쏟는 겁니다. 고슴도치도 자기 새끼는 예뻐한다는 말이 있습니다. 자기 새끼니까 다른 사람의 시선이나 객관적인 잣대를 들이댈 필요가 없습니다. 아무런 이유 없이 그냥 좋아하는 거지요. 설사 새끼의 얼굴이 못났어도 아무런 문제가 되지 않습니다. 고슴도치의 예를 들었습니다만, 우리도 자기니까 또는 자기에 속한 것이니까 무조건 좋아하고 사랑하면 됩니다. 밝고 환한 모습도 어둡고 그늘진 모습도 다 자기 모습이므로 그냥 사랑하는 거지요. 다른 사람으로부터 인정과 사랑을 받기 전에 스스로 자기를 사랑할 수 있다면 이미 건강하게 사는 비법을 터득했다고 말할 수 있습니다. 우리는 흔히 '외유내강' 이라고 자신에게 엄격할 것을 주문하는데요, 심리학적 관점에서 보면 별로 추천하고 싶지 않은 말입니다. 자기에게 엄격한 사람은 다른 사람에게도 엄격합니다. 다시 말해, 우리는 자기를 수용하는 만큼 다른 사람을 수용할 수 있습니다. 따라서 다른 사람을 수용하려면 우선 자기부터 수용할 줄 알아야 합니다. 자기 수용을 완성하는 길은 다름 아닌 자기를 사랑하는 데 있습니다. 그러니까 주저하지 말고 자기 자신을 열렬히 사랑하도록 하세요.

66 수용 역량의 발달 과정

앞에서 사람의 생각과 행동을 변화시키는 전략으로 수용만큼 중요한 것이 없다고 말한 바 있습니다. 그렇습니다. 수용은 '상대방' 을 변화시키는 강한 힘을 가지고 있습니다. 그렇다면 수용을 통해서 우리는 상대방이 어떻게 되기를, 다시 말해 그가 어떤 상태로 변화하기를 바라는 걸까요? 대답은 간단합니다. 상대방 스스로 자기 자신을, 자신의 인격을 무제한으로 자유롭게 수용할 수 있으면 됩니다. 그러니까 관계의 한쪽 편인 A의 수용을 통해서 관계의 다른 쪽인 B가 마치 A가 B를 수용하듯 B인 자기를 수용할 수 있게 된다면 수용의 목적이 달성되는 거지요. 한마디로 타인 수용을 통해서 자기 수용에 이르도록 하는 겁니다.

자기 수용이 쉽게 이루어질 수 있다면 굳이 이렇게 타인 수용이 필요하지 않겠지요. 하지만 대부분의 사람들은 성장과정에서 자기를 수용하는 능력의 상당 부분을 상실해 버립니다. 부모를 비롯하여 나에게 중요한 다른 사람들에게 거부를 당한다든가 사회의 높은 요구 조건을 만족시킬 수 없다는 걸 느끼면서 그렇게 되어 버리는 거지요. 다른 사람이 자기를 받아들여 주는 타인 수용은 이 과정을 역전시켜서 상실했던 자기 수용 능력을 되살리는 역할을 합니다. 수용적인 관계 속에서 자유롭게 자기를 탐색하면서 그동안 거부해 왔던 자기의 체험과 경험을 서서히 받아들이는 단계에 도달하게 되는 겁니다. 재미있는 것은 자기 수용의 폭이 커지면서 다른 사람을 수용하는 역량도 함께 커진다는 사실입니다. 그러니까 타인 수용은 상대방의 자기 수용력과 타인 수용력을 동시에 향상시키는 힘을 가지고 있습니다. 나 자신과 타인을 수용하는 능력이 나에 대한 타인의 수용에 의해 깨어나고 자란다는 점에 주목할 필요가 있습니다.

✉ 서기관들과 바리새인들이 간음 중에 잡힌 여자를 끌고 와서 가운데 세우고 예수께 말하되 "선생이여, 이 여자가 간음 하다가 현장에서 잡혔나이다. 모세는 율법에 이러한 여자를 돌로 치라 명하였거니와 선생은 어떻게 말하겠나이까?" 저희 가 이렇게 말함은 고소할 조건을 얻고자 하여 예수를 시험함 이러라. 예수께서 몸을 굽히사 손가락으로 땅에 쓰시니 저희 가 묻기를 마지 아니하는지라. 이에 일어나 가라사대 "너희 중 에 죄 없는 자가 먼저 돌로 치라." 하시고, 다시 몸을 굽히사

손가락으로 땅에 쓰시니 저희가 이 말씀을 듣고 양심의 가책을 받아 어른으로 시작하여 젊은이까지 하나씩 하나씩 나가고 오직 예수와 그 가운데 있는 여자만 남았더라. 예수께서 일어나사 여자 외에 아무도 없는 것을 보시고 이르시되 "여자여, 너를 고소하던 그들이 어디 있느냐? 너를 정죄한 자가 없느냐?" 대답하되 "주여, 없나이다." 예수께서 가라사대 "나도 너를 정죄하지 아니하노니 가서 다시는 죄를 범하지 말라." 하시니라(요한복음 8장 3~12절).

성경에 나오는 이 여인은 간음이라는 죄를 저지르고 죄에 대한 처벌을 기다리고 있었습니다. 그러나 예수의 반응은 여인의 예상을 완전히 벗어났습니다. 여인의 처벌을 원하던 다른 사람들도 예수의 말에 잠잠해졌습니다. 예수는 여인을 야단치지 않았습니다. 예수가 한 말은 아주 간단합니다. "나도 너를 정죄하지 아니하노니 가서 다시는 죄를 범하지 말라." 그러나 이 한마디가 여인에게 준 충격은 엄청납니다. 성경에서 막달라 마리아로 추측되는 이 여인의 인생은 예수와의 만남을 통해 극적으로 변화되었습니다. 나중에 이 여인은 옥합을 깨뜨려 예수의 발에 엄청나게 비싼 향유를 붓는 것으로 자신의 경의를 표했고, 예수의 부활을 직접 목격한 사람 중 하나가 되는 영광을 얻기도 했습니다. 간음과 같은 죄를 다시는 저지르지 않았을 뿐 아니라 자신의 전부를 바쳐 경건한 신앙생활에 몰입했습니다.

이런 점에서 수용은 일종의 가르침이라고 말할 수 있습니다. 그런데 이 가르침은 매우 독특합니다. 이 가르침의 거의 전부가 모범 보이기(모델링)라는 점에서 그렇습니다. 수용에는 이렇게 저렇게 하라는 일체의 지시와 훈계가 없습니다. 가능한 한 설명이나 해석을 배제하고 온몸과 행동으로 보여 줍니다. 물론 대화를 합니다만, 수용적 대화는 항상 상대방을 따라가는 대화이지 앞에서 끌어가는 대화가 아닙니다. 무엇을 어떻게 체험하고 경험할지, 그중 어떤 것을 표현하고 노출할지가 모두 상대방에게 달려 있습니다. '자기주도성' 의 신장, 이것이 바로 수용적 대화의 초점입니다.

앞에서 수용 능력의 발달 과정을 타인 수용 → 자기 수용 → 타인 수용으로 요약했습니다. 상담자들은 상담을 하면서 이 과정을 자주 접합니다. 처음에 자기 자신과 세상은 물론이요 상담자에 대해서도 마음을 닫고 딱딱하게 굳어 있던 청담자가 상담이 진행되면서 서서히 달라집니다. 상담 관계 속에서 자기의 모든 것이 편안하게 받아들여지는 경험을 하면서 청담자는 조금씩 마음을 열고 그동안 자기 내면에 '접근 금지' 라고 써 붙여 둔 부분, 억압되었던 부분, 응어리로 남았던 부분을 하나씩 탐색하며 자기 것으로 소화해 갑니다. 이렇게 자기 수용의 과정이 깊어지면서 청담자는 이 과정으로 안내하는 상담자에 대해 따뜻한 느낌을 받고 좋아하는 감정을 느끼게 됩니다. 청담자가 상담자를 수용하는 일이 벌어지는 거지요. 상담자의 청담자를 향한 수용이 청담자의 상담자를 향한 수용으로 이어지면서 마침내 상호 수용으로 완성되는 겁니다.

청담자를 수용하면서 상담자들은 커다란 보상을 받습니다. 이 보상은 크게 두 가지로 나눌 수 있는데요, 하나는 청담자가 자기를 수용해 가는 과정을 지켜보며 느끼는 보람입니다. 청담자가 자기 자신을 수용하고 좋아하고 존경하고 사랑하는 모습을 보면서 청담자를 향해 자기가 들인 공이 헛되지 않았음을 확인하며 받는 뿌듯함이지요. 또 하나는 청담자가 상담자에게 보내는 긍정적 반응입니다. 청담자의 자기 수용이 진전되면서 청담자가 상담자에게 보내는 따뜻한 느낌, 좋아하는 감정, 존중하고 존경하는 마음 등이 그런 것들입니다. 청담자를 수용하고 존중해 주었더니 거꾸로 그 효과가 부메랑처럼 상담자에게 되돌아오는 거지요. 수용의 상호성이라고나 할까요.

상담 관계를 예로 들었지만 부모-자녀 관계도 마찬가지라는 생각이 듭니다. 부모가 자녀를 키우면서 받는 보상이 어떤 것일까요? 아마도 자식이 성장해 가는 것을 지켜보며 느끼는 보람과 그 과정에서 자녀들이 보내는 애정과 사랑이겠지요. 이런 보상을 극대화하는 관계의 핵심이 바로 수용입니다. 부모가 자녀를 잘 수용해 줄 때 자녀는 자연스럽게 이런 보상들을 부모에게 되돌려 줄 것입니다. 하지만 부모가 자녀를 수용하지 않는다면? 글쎄요, 아마도 자녀를 키우는 일이 매우 버겁게만 느껴지겠지요. 그런데 정말 심각한 문제는 많은 부모들이 실제로 그렇지 않으면서도 자기는 자녀를 수용한다고 착각하는 데 있습니다. 자기는 제대로 잘 하고 있는데 아이들이 문제라는 식입니다. 한번 살펴보세요. 자녀를 키우는 데 힘이 많이 듭니까? 자녀들로부터 앞에서 말한 두 가지 보상이 오지 않습니까? 그렇다면 문제의 원인은 자녀들이 아니라 부모인 '나'에게 있을 확률이 높습니다. 아마도 수용보다는 자녀의 인생에 감 놔라 배 놔라 참견하고 개입하고 끼어들기를 많이 하고 있을 겁니다. 이런 점에서 자녀양육 방식을 되돌아보면 좋겠네요.

수용은 상대방이 자기 마음대로 생각을 전개할 수 있도록

그냥 바라봐 주는 것만으로도 충분합니다.

이야기로 풀어 보는
수용 연습

Chapter 03
이야기로 풀어 보는 수용 연습

 자, 이제 수용의 의미에 대해 한 번 더 생각해 보고 또 자신의 수용 능력을 점검해 보기 위해 수용 연습을 해 봅시다. 연습은 다음과 같은 순서로 진행됩니다. 먼저, 간단한 이야기로 어떤 상황이 제시됩니다. 이 이야기를 읽고 여러분은 이런 상황에서 상대방을 어떻게 수용할 수 있을지 또는 어떻게 수용적 반응을 할 수 있을지 나름대로 생각의 날개를 펼쳐 보세요. 그리고 자신의 생각과 이 장의 뒷부분에 제시된 이야기의 결말을 비교해 보면서 수용의 의미를 되새기면 됩니다. 단, 뒷부분에 있는 이야기의 결말은 항상 옳은 정답이 아니라 여러 가지 가능한 답 중 하나라는 점을 염두에 두세요.
 참고로 수용 연습을 위해 동원된 모든 이야기들은 제가 창작한 것이 아니라 실제 일어난 사건이거나 아니면 다른 서적에 소개된 이야기들임을 밝혀 둡니다.

1. 두 눈을 가린 스승

어느 고등학교 학생들이 체벌이 심한 교사를 해직시키라는 주장을 하면서 수업을 거부하고 있었습니다. 학교 측에서는 학생들의 부당한 요구를 들어줄 수 없다며 수업 거부를 주도한 학생들을 징계하려고 했습니다. 이에 흥분한 학생들은 우르르 교무실로 들이닥쳤습니다. 학생들의 기세에 놀란 교사들은 얼른 자리를 피해 학교 뒷산으로 달아나거나 교문 밖으로 내빼 버렸습니다. 그러나 함 교사는 그대로 교무실에 앉아 학생들을 맞이하며 야단을 쳤습니다. "너희들, 당장 밖으로 나가지 못해? 학생들이 교무실에 와서 이렇게 행패를 부리면 되냐? 도대체 이게 뭐하는 짓이야?" 학생들은 누가 먼저라고 할 것 없이 흥분해서 함 교사를 둘러쌌습니다. 그러고는 그를 마구 두들겨 패기 시작했습니다.

자, 여러분이 함 교사라면 이 상황에서 어떻게 학생들을 수용하겠습니까?

2. 가짜 제자와 스승

유명한 음악가 리스트에 관한 이야기입니다. 리스트가 여행을 하던 중 어느 작은 도시에 들렀습니다. 그때 그 도시는 리스트의 여제자가 피아노 연주회를 한다고 축제 분위기로 들떠 있었습니다. 리스트는 자신의 여제자가 누구일까 궁금해서 연주회 팸플

릿을 구해 보았지만, 그 여인은 전혀 모르는 사람이었습니다. 이상하게 여기고 있던 차에 한 젊은 여인이 찾아와 눈물을 글썽이며 용서를 빌었습니다.

"선생님, 정말 죽을죄를 졌습니다. 저 같은 무명 음악가의 연주회에는 아무도 오지 않을 것 같아서 선생님의 이름을 빌렸습니다. 앞으로 다시는 이런 짓을 하지 않을 터이니 제발 한 번만 용서해 주세요!"

❓ 자, 여러분이 리스트라면 이 무명 음악가를 어떻게 수용하겠습니까?

3. 교장선생님

초등학교 5학년 아이들이 담임선생님을 따라 복도를 걸어가고 있었습니다. 발이 아픈 형선이는 홀로 뒤쳐져서 한쪽 발을 질질 끌면서 따라가고 있었습니다. 때맞춰 그 옆을 지나던 교장선생님이 한마디 하셨습니다.

"애야, 너는 왜 맨날 복도에서 신발을 질질 끌고 걸어 다니니?"
형선이가 볼멘소리로 대꾸를 합니다.
"교장선생님, '맨날' 이 아니라 '오늘만' 이에요. 발이 너무 아파서 '오늘만' 발을 끌며 걸은 거라고요!"

자, 여러분이 교장선생님이라면 형선이를 어떻게 수용하겠습니까?

4. 창녀와 스님

창녀촌에서 일하는 공주는 유난히 팬티에 집착합니다. 손님을 받아 돈을 벌기만 하면 팬티를 사들입니다. 그녀의 가방에는 형형색색 온갖 종류의 팬티가 가득합니다. 공주라는 별명도 하루에 몇 번이나 팬티를 갈아입기 때문에 아랫부분만은 공주 못지않게 호강을 한다고 해서 붙여졌습니다. 왜 그렇게 팬티를 사들이냐고 물으면 그녀는 늘 '불쌍해서'라고 대답합니다. 이런 공주가 심한 위병을 앓게 되면서 손님을 받지 못해 팬티 살 돈을 벌지 못하게 되었습니다. 이때부터 공주에게는 도벽이 생겼습니다. 예쁜 팬티만 보면 훔치는 버릇이 생긴 거지요. 팬티를 훔치다가 들켜 흠씬 두들겨 맞은 적이 수도 없이 많지만 팬티를 훔치는 공주의 도벽은 없어지지 않습니다. 그날도 공주는 동료의 팬티를 훔치다가 들켜서 혼쭐이 나고 있었습니다. 지나가던 스님이 이 광경을 보고 공주에게 다가옵니다. 자기에게 다가오는 스님의 발을 본 공주는 갑자기 그 발을 쓰다듬고픈 충동이 일어나 손을 뻗어 스님 발을 가만히 어루만졌습니다. 지켜보고 섰던 여인들이 깔깔거리며 스님에게 농을 걸었습니다.

❓ 자, 여러분이 스님이라면 이 상황에서 공주를 어떻게 수용하겠습니까?

5. 멋진 그림

2학년 미술 수업 시간, 선생님께서 말씀하셨습니다.

"아무거나 그리고 싶은 대로 그림을 그리세요."

아무것도 그리지 못하고 있던 나는 원망스러운 눈초리로 하얀 도화지를 바라보고만 있었습니다. 아이들 그림 지도를 하며 교실을 돌던 선생님이 내 자리로 왔을 때 내 가슴은 쿵덕쿵덕 터질 것 같았습니다.

자, 여러분이 선생님이라면 이 상황에서 아동을 어떻게
수용하겠습니까?

6. 지금 그대로의 모습으로

빌리 조엘은 제22회 그래미상의 최우수 앨범상과 최우수 팝
남성 보컬상을 받았을 뿐 아니라 3년 연속 그래미상을 받은 미국
최고의 가수이자 작곡가입니다. 그런 그도 어렸을 때는 자기 자

신을 별로 좋아하지 않아서 다른 사람이 되고 싶다는 말을 자주 했습니다. 작은 키가 원인이었습니다. 친구들과 놀다 보면 작은 키 때문에 놀림을 많이 받았거든요. 그는 집에만 들어오면 자기 키를 원망했습니다. 그리고 자기 키가 조금만 더 크면 훌륭한 사람이 될 수 있을 거라고 입버릇처럼 말했지요. 빌리 조엘의 어머니는 아들이 자기 자신에 대해 불평을 할 때마다 다음과 같이 대답하곤 했습니다.

❓ 자, 빌리 조엘의 어머니는 이 상황에서 아들을 어떻게 수용했을까요?

7. 실수는 기회

한 유명한 과학자가 네 살 때 겪은 일입니다. 어느 날 그는 냉장고에서 우유병을 꺼내다가 떨어뜨려 주방 바닥을 하얀 우유 바다로 만들었습니다. 주방으로 들어오던 어머니가 이 광경을 목격했습니다.

❓ 자, 어머니는 이 상황에서 아들을 어떻게 수용했을까요?

8. 칭찬의 효험

남편과 일찍 사별하고 외아들을 키우며 사는 홀어머니가 있었습니다. 어머니는 온갖 고생을 했지만 아들 하나 훌륭하게 키우는 것을 유일한 낙으로 여기며 살아갔습니다. 아들 역시 어머니의 뜻을 받들며 잘 자랐습니다. 그런데 아들이 고등학교에 다니면서 탈이 나기 시작했습니다. 불량스러운 친구들과 어울려 다니던 아들은 집에 있는 돈을 훔쳐 외박을 하지 않나, 걸핏 하면 싸움을 해서 경찰서에 끌려가질 않나, 끊임없이 말썽을 부렸습니다. 어머니가 구슬리기도 하고 달래도 보고 협박도 하고 별 방법을 다 써 봐도 아들의 행동은 나아지질 않았습니다. 절망의 나날을 보내던 어머니가 어느 날 스님을 찾아가 하소연을 했습니다.

❓ 자, 여러분이 스님이라면 이 상황에서 어머니에게 어떤 수용적 처방을 줄 수 있을까요?

9. 아버지와 성적표

선영이가 초등학교 4학년 때 겪은 일입니다. 학급에서 중상위권을 유지하던 선영이의 성적이 갑자기 뚝 떨어졌습니다. 성적표에 부모님의 확인 도장을 받아 다시 담임선생님에게 제출해야 하는데 참 난감하게 됐습니다. 게다가 선영이는 아버지를 무척 어려워했기 때문에 성적표를 보여 드리기가 무척 어려웠습니다. 몇 번이나 망설인 끝에 선영이는 불호령이 떨어질 것을 각오하고 아버지에게 성적표를 보여드렸습니다.

❓ 자, 여러분이 선영이 아버지라면 이 상황에서 어떻게 선영이를 수용할 수 있을까요?

10. 우리는 공범

베네딕트 수도원에서 있었던 일입니다. 사람 좋은 수도원 원장님은 계율을 어기는 일부 수도사들 때문에 골치를 썩고 있었습니다. 어느 날 몇몇 수도사가 수도사들이 먹어서는 안 되는 고기와 포도주를 구해 왔습니다. 원장님에게 들킬 것을 염려한 수도사들은 창고에 있던 포도주통을 비우고 그 속에 들어가서 고기와 술을 먹기 시작했습니다. 이 소식을 들은 원장님이 달려와 술통 안을 들여다보니 흥청망청 떠들며 놀던 수도사들이 놀란 얼굴로 원장님을 쳐다봤습니다.

❓ 자, 여러분이 원장님이라면 이 상황에서 어떻게 수도사들을 수용할 수 있을까요?

11. 애첩의 입술

중국 오패의 한 사람인 초나라 장왕 때의 일입니다. 어느 날 왕과 신하들이 모여 연회를 열고 한창 흥을 돋우고 있을 때였습니다. 갑자기 촛불이 꺼지면서 연회장이 암흑세계가 되고 말았습니다. 이때 한 신하가 느닷없이 장왕의 애첩에게 입을 맞추었습니다. 깜짝 놀란 애첩은 엉겁결에 상대의 갓끈을 잡아떼고는 장왕에게 일렀습니다. "지금 어떤 몹쓸 자가 첩에게 입을 맞추는 무례한 짓을 하였기에 그 자의 갓끈을 잡아떼었사오니 부디 누군지 가려서 벌을 내리소서."

❓ 자, 여러분이 장왕이라면 이 상황에서 어떻게 애첩의 입술을 뺏은 신하를 수용할 수 있을까요?

12. 좋은 술

모 일간 신문의 김 기자가 신입사원 때 겪은 일입니다. 하루는 친구들과 어울려 술을 마시다가 만취한 상태에서 마감 기사를 써낸 적이 있습니다. 다음 날 신문에 실린 자기 기사를 보니 그야말로 엉망이었습니다. 아니나 다를까 그날 저녁 김 기자는 사장실로부터 호출 명령을 받았습니다. 기가 잔뜩 죽은 김 기자는 어깨를 축 늘어뜨린 채 사장실로 향했습니다.

❓ 자, 여러분이 사장이라면 이 상황에서 김 기자를 어떻게 수용할 수 있을까요?

13. 화가의 눈

길거리에서 구걸을 하는 거지가 있었습니다. 그는 하루 종일 초점이 없는 눈으로 고개를 숙이고 있다가 사람들이 지나가면 비굴한 표정을 지어 보이며 손을 내밀곤 했습니다. 그는 아무런 희망도 없이 사람들에게 동전을 얻어 하루하루 굶지 않고 살아가는 것으로만 만족한 듯 보였습니다. 길 건너 건물에서 이런 거지의 모습을 지켜보던 한 늙은 화가가 거지를 모델로 삼아 그림을 그리기 시작했습니다.

❓ 자, 여러분이 화가라면 이 상황에서 어떻게 거지를 수용하는 그림을 그릴 수 있을까요?

14. 눈썹이 없는 여인

눈썹이 없다는, 정말 눈썹이 하나도 없다는 딱 한 가지만 빼고 어느 모로 보나 남부러울 데가 없는 여인이 있었습니다. 그녀는 이 사실을 숨기기 위해 항상 짙은 화장으로 눈썹을 그리고 다녔습니다. 나이가 들어 그녀에게도 사랑하는 사람이 생겼습니다. 서로 깊이 사랑하게 된 두 사람은 결혼을 했습니다. 그러나 그녀는 눈썹 때문에 항상 불안했습니다. 혹시 남편에게 들키는 건 아닐까, 그래서 남편이 자기를 싫어하게 되는 건 아닐까 늘 마음이 쓰였습니다. 그렇게 3년이 흘렀습니다. 어느 날 예상치 않은 불행이 닥쳤습니다. 남편의 사업이 망하게 된 겁니다. 길거리에 내몰린 두 사람은 밑바닥부터 다시 시작했습니다. 그들이 처음 손을 댄 건 연탄 배달이었습니다. 남편은 앞에서 리어카를 끌고 아내는 뒤에서 밀며 열심히 연탄 배달을 했습니다. 하루는 봄바람이 제법 세게 불었습니다. 언덕에서 불어오는 바람 때문에 리어카에서 연탄재가 날아와 여인의 얼굴은 온통 검댕 투성이가 되었습니다. 눈물도 흐르고 앞도 잘 안 보이고 기분이 찝찝했지만 여인은 검댕을 닦아 낼 수가 없었습니다. 혹시나 눈썹이 없다는 사실을 남편에게 들킬지도 모르니까요.

❓ 자, 여러분이 남편이라면 이 상황에서 아내를 어떻게 수용할 수 있을까요?

15. 지붕위의 일꾼들

스위스의 작은 시골 마을에 세워진 교회에 한 목사가 부임했습니다. 목사는 일일이 사람들을 찾아다니며 전도를 했지만 마을 주민들은 아주 냉담하게 반응했습니다. 어떤 사람은 인사도 받지 않고 아예 집 문을 열어 주지도 않았습니다. 주민들의 냉담

한 반응에 가슴이 아팠던 목사의 아내는 그곳을 떠나자고 남편에게 권했습니다. 그러나 남편은 생각이 달랐습니다.

"여보, 마을 주민들이 마음의 문을 열려면 아마 시간이 좀 걸릴 거요. 그들이 쉽게 마음을 열 거라고 기대한다면 큰 욕심이겠지. 좀 더 시간을 두고 기다려 봅시다. 포기하지 않고 기다린다면 반드시 그들도 마음을 열고 우리를 반갑게 맞이할 거요."

어느 날 잠자리에 들었던 목사는 지붕 위에서 들려 오는 사람들의 말소리에 잠에서 깼습니다.

"흥, 목사가 얼마나 견딜지 두고 보세. 이렇게 우리가 지붕을 뜯어내는 데도 하나님 사랑을 전한답시고 온 마을을 뒤집고 다니지는 못할 테지."

🔵 자, 여러분이 목사라면 이 상황에서 마을 주민들을 어떻게 수용할 수 있을까요?

16. 추위보다 소중한 것

덕행으로 유명한 공자의 제자 민손은 일찍이 친어머니를 잃고 새어머니 밑에서 천덕꾸러기로 살았습니다. 엄동설한이 되자 민손의 새어머니는 자기가 낳은 두 아들에게는 따뜻한 솜옷을 입혔지만 민손에게는 갈대옷을 입혀 추위에 떨게 했습니다. 어느 날 마침 말몰이꾼이 어디를 가고 없는 바람에 민손의 어버지가 민손에게 수레를 끌어 달라고 요청했습니다. 추위에 떨던 민손은 아버지가 탄 수레를 몰고 가다 손이 얼어 그만 말고삐를 놓치고 말았습니다. 아버지가 물었습니다.

"그렇게 추우냐?"

"아닙니다, 아버지. 괜찮습니다."

그래도 민손이 계속 떨자 아버지는 민손이 입은 옷을 만져 보고 그 옷이 갈대로 지은 옷이라는 걸 알아차렸습니다. 화가 치민 아버지는 새어머니를 불러 불호령을 내렸습니다.

"아니, 어떻게 이럴 수가 있소. 도대체 아이 손이, 옷이 이게 뭐요? 이 추운 겨울에 갈대 옷이라니! 당장 이 집에서 나가요!"

❓ 자, 여러분이 민손이라면 이 상황에서 계모를 어떻게 수용할 수 있을까요?

17. 꿈이 무서워요

애경 씨는 요즘 잠을 자기가 겁납니다. 잠이 들기만 하면 무서운 꿈을 꾸기 때문입니다. 애경 씨의 꿈에는 주로 귀신이 등장하지만, 가끔 커다란 호랑이가 나타나기도 합니다. 귀신은 머리를

풀어헤친 채로 나타난 애경 씨가 꿈에서 깰 때까지 내내 쫓아다니며 괴롭힙니다. 귀신에게 잡히지 않으려고 산을 넘고 강을 건너 도망다니다 보면 피곤하기가 이루 말할 수 없습니다. 피곤은 잠에서 깨어나도 그대로 이어집니다. 꿈 때문에 잠을 자도 잔 것 같지 않고 늘 눈꺼풀이 무겁습니다. 또 악몽을 꿀까 봐 밤에 잠자리에 들기가 무섭습니다. 이 악몽 때문에 애경 씨는 상담자를 찾았습니다.

❓ 자, 여러분이 상담자라면 애경 씨의 악몽을 어떻게 수용할 수 있을까요?

18. 가슴이 아파도

최근 들어 양민이는 학교에서 아이들과 자주 싸웁니다. 전에는 그렇지 않았는데 공격 행동이 심해지는 것 같아 담임선생님은 양민이를 불러 상담을 해 보았습니다. 양민이 말은 이랬습니다. 친구들이 자꾸 자기를 따돌린다는 것입니다. 자기들끼리 이야기하다가도 양민이가 다가가면 말을 뚝 끊고 딴청을 피우고, 이유 없이 자기를 멀리하고 미워한다는 것입니다. 그게 싫어서 다가가 말을 걸면 아이들이 퉁명스럽게 대하니까 할 수 없이 싸움을 하게 된다는 거지요. 양민이와 여러 번 상담을 하면서 담임선생님은 양민이의 최근 공격 행동이 가정환경과 연관되어 있다는 걸 알게 되었습니다. 양민이 엄마와 아빠는 얼마 전 이혼을 했습니다. 지금 양민이는 아빠와 살고 있습니다. 양민이는 이혼 가정의 아이들이 겪는 심리적 불안감, 무력감, 신뢰감 상실, 버림받은 느낌, 죄의식 등 복합적인 감정에 그대로 노출되어 있지만 이 감정들을 제대로 접촉하고 표현해 본 경험이 없습니다. 아니, 자기에게 그런 감정이 있다는 것조차 모르고 있지요.

❓ 자, 여러분이 담임선생님이라면 이 상황에서 양민이를 어떻게 수용할 수 있을까요?

19. 내 탓? 네 탓!

W 씨는 상담을 받고 있는 40대 중반의 독신 여성입니다. 그녀는 서너 살 때 오빠에게 성학대를 당한 경험이 있고, 30대에는 데이트를 하다 강간을 당한 적이 있습니다. 최근에는 술을 많이 마셔 정신을 잃은 사이 모르는 사람에게 끌려가 차 뒷좌석에서 강간을 당하기도 했습니다. 사정이 이렇다 보니 W 씨는 성에 대해 매우 혐오스러운 반응을 보입니다. 성에 관한 이야기만 나오면 화제를 바꾸거나 갑자기 아주 어린 사람이 된 것처럼 말과 행동이 달라집니다. W 씨는 20대에 수녀원에 들어가 수녀가 된 적도 있습니다. 지금은 수녀가 아니지만 수녀처럼 순결하게 살기를 바라던 그녀에게 강간은 쉽게 받아들이기 어려운 외상적 경

험입니다. 게다가 강간을 당할 때 그녀가 몸으로 느꼈던 성적 쾌
감은 그녀를 더욱 혼란스럽게 만듭니다. 이런 경험들은 그녀에
게 강한 수치심을 불러일으킵니다. 자기에게 성적으로 문제가
있는 것 같고, 남자들이 자기를 이상한 눈으로 보는 것 같고, 때
로는 마치 매춘부가 된 것처럼 자신이 더럽게 느껴지기도 합니
다. 이런 수치심을 숨기고 자기만의 비밀로 남겨 두기 위해 W
씨는 여러 가지 방어적 행동을 합니다.

❓ 자, 여러분이 상담자라면 이런 상황에서 W 씨를 어떻게
수용할 수 있을까요?

20. 할머니와 학생

시내버스에서 벌어진 일입니다. 버스에 올라탄 할머니 한 분
이 차비를 내려고 주머니에 손을 넣습니다. 당연히 차비를 가지
고 나온 줄 알았던 할머니는 주머니에서 돈이 나오자 않자 몹시
당황한 기색으로 이 주머니 저 주머니 모두 뒤졌습니다. 버스가
출발을 하고서도 한참을 이러고 있으니 버스 기사가 화를 냈습
니다. "할머니 돈이 없으면 차를 타지 말아야지요!" 버스에 타고
있던 승객들의 시선이 할머니에게 쏠리고 할머니는 어쩔 줄 몰
라 쩔쩔 맸습니다. 이 광경을 지켜보던 한 고등학생이 앞으로 나
왔습니다.

🤔 자, 여러분이 고등학생이라면 이 상황에서 할머니를 어떻게 수용할 수 있을까요?

21. 보아 엄마

보아는 음악을 무척 좋아합니다. 음악이라면 가리지 않고 듣고 따라 부릅니다. 초등학교에 들어가기 전인데도 보아는 벌써 대중가요에 푸욱 빠져들었습니다. 그런데 문제가 생겼습니다. 음악을 듣고 노래를 부르느라 항상 큰 소리를 내게 되니 같은 아파트에 사는 이웃들이 시끄럽다고 항의를 해 왔습니다. 게다가 음악에 깊이 빠져 버리면서 공부는 뒷전으로 밀려났습니다.

🤔 자, 여러분이 보아 엄마라면 이 상황에서 보아를 어떻게 수용할 수 있을까요?

1. 두 눈을 가린 스승

함 교사는 두 손으로 얼른 자기 눈을 가렸습니다. 그리고 학생들의 주먹질과 발길질을 피하려고도 하지 않은 채 눈을 가린 두 손에 힘을 주었습니다. 한 학생이 그의 머리를 잡고 흔들어도 한사코 얼굴에서 두 손을 떼지 않았습니다. 사태가 진정된 후 학생들은 함 교사를 찾아가 사죄를 했습니다. 한 학생이 어렵게 입을 뗐습니다.

"선생님, 그런데 저희가 선생님에게 뭇매를 때릴 때 선생님께서는 왜 두 눈을 꼭 가리고 계셨습니까?"

"흠, 나는 나를 때리는 학생의 얼굴을 보고 싶지 않았다네. 나도 사람인지라 나를 때리는 학생이 누구인지 알게 된다면 나중에 그 학생에게 나쁜 감정을 갖게 될 것 같았어. 그래서 그 얼굴을 보지 않으려고 일부러 그랬다네."

함 교사의 말을 듣고 감동한 학생들은 그만 울음을 터뜨리고 말았습니다. 그리고 진심으로 자기들의 행동을 반성했습니다.

2. 가짜 제자와 스승

여인의 말을 들은 리스트는 그녀를 자신이 묵고 있는 호텔로 데려가 피아노 앞에 앉게 했습니다. 그리고 이렇게 말했습니다.

"아가씨의 피아노 연주를 듣고 싶습니다. 어떤 곡이라도 좋으니 자신 있는 곡을 골라 연주해 보세요."

잠시 머뭇거리던 여인은 결심한 듯, 전심전력을 다해 피아노 연주를 시작했습니다. 여인의 연주를 다 들은 리스트는 꼼꼼하게 연주의 잘된 점과 개선할 점을 지적해 주고 다음과 같이 말했습니다.

"아가씨는 이제 나의 제자입니다. 그러니까 아무 걱정 말고 리스트의 제자로서 청중 앞에서 당당하고 자랑스럽게 멋들어진 연주를 하세요."

3. 교장선생님

교장선생님은 형선이의 말을 들은 즉시 자기 실수를 깨닫고 형선이에게 사과를 했습니다.

"아, 그랬구나! 내가 실수를 했구나. '오늘만' 발을 끌었는데 '맨날'이라고 해서 네가 몹시 억울했겠다. 선생님이 미안해. 사과할게."

며칠 후 형선이가 '드릴 말씀'이 있다며 교장실에 찾아왔습니다.

"교장선생님, 며칠 전 제가 발이 아파서 복도에서 발을 끌고 가던 날 일인데요, 저는 교장선생님께서 그렇게 말씀하실 줄 정말 몰랐어요. 혼날 각오로 그렇게 대들었는데, 교장선생님께서 편하게 받아 주셔서 얼마나 고마웠는지 몰라요. 교장선생님 정말 멋진 분이세요. 이 말씀을 드리려고 왔어요!"

4. 창녀와 스님

스님은 양품점으로 공주를 데리고 들어가 공주 마음에 드는 팬티를 고르게 해 주었습니다. 잠시 어리둥절해하던 공주는 이내 팬티를 고르기 시작했습니다. 사랑하는 애인의 보호를 받으며 쇼핑하는 부인처럼 공주는 행복에 겨워 팬티를 골랐습니다. 스님은 공주가 팬티를 다 고를 때까지 아무 말 없이 기다렸다가 값을 치러 주었습니다. 이렇게 양품점 열 곳을 돌았을 때 그들 주위엔 사람들이 빽빽하게 모였습니다만, 스님도 공주도 아랑곳하지 않았습니다. 이렇게 양품점을 다 돈 공주의 얼굴은 행복감으로 빛이 났습니다. 이제는 자기가 스님을 위해 봉사할 차례라고 생각한 공주는 스님의 팔짱을 끼고 가자는 신호를 보냈습니다. 공주의 마음을 알았다는 듯 스님은 공주의 손을 꼬옥 잡아주더니 "다음에." 하고 돌아섰습니다. 공주는 사람들 속으로 사라지는 스님의 뒷모습을 물끄러미 바라봤습니다. 자기 마음을 거절하고 돌아선 스님이지만 털끝만치도 서운한 느낌이 들지 않았습니다. 공주는 스님이 '다음에' 자기를 꼭 찾아올 거라고 믿으며 몸을 돌렸습니다. 그날 이후 공주는 달라졌습니다. 팬티를 훔치는 행동이 없어졌을 뿐 아니라 얼굴도 밝아지고 위병도 차차 나아졌습니다.

5. 멋진 그림

선생님은 이렇게 말씀하셨습니다.
"와! 들판에 온통 하얀 눈이 가득하구나. 참 멋진 그림이야."

6. 지금 그대로의 모습으로

"아들아, 걱정하지 마라. 너는 다른 사람처럼 될 필요가 조금도 없어. 세상 사람들은 누구다 다 특별하단다. 그리고 누구나 다 개성이 있는 거야. 너도 다른 사람에게 나누어 줄 너만의 개성과 특별함을 가지고 있어. 나는 지금 그대로의 너의 모습이 제일 좋단다."

이런 말을 듣고 자란 빌리 조엘은 '지금 그대로의 모습으로'라는 노래로 21회 그래미상에서 최우수 레코드상을 수상했습니다. 그 노래의 가사 일부를 잠깐 살펴봅시다. "내가 당신의 얼굴을 볼 때 단 한 가지도 바꾸고 싶은 게 없어요. 당신은 놀랍거든요, 당신 그대로도. 당신이 웃을 때 전 세계가 멈추고 한동안 빤히 쳐다보죠. 왜냐하면 당신은 놀랍거든요. 그저 당신 모습 그대로도." 어머니가 아들에게 늘 해 주었던 바로 그 말입니다.

7. 실수는 기회

어머니는 이렇게 말했습니다.

"애야, 정말 멋진 작품을 만들어 놨구나. 이렇게 엄청난 우유 바다는 처음 본다. 그래, 기왕에 쏟은 우유니까 한번 네 마음대로 가지고 놀아 보렴."

엄마 말대로 꼬마 과학자는 주방 바닥에 쏟아진 우유를 가지고 한참 동안 장난을 치며 놀았습니다. 얼마 후 엄마는 이런 제안을 합니다.

"얘야, 그런데 이렇게 어질러 놓은 다음에는 깨끗이 치워야 한다는 거 너도 알지? 그럼 어떻게 치우는 게 좋을까? 스펀지를 쓸까? 화장지로 닦아 낼까? 아님 수건이나 걸레로 닦아 낼까? 너는 어떻게 하고 싶으니?"

아이는 스펀지를 선택했고 그래서 두 사람은 스펀지를 가지고 엎질러진 우유를 열심히 닦아 냈습니다. 엄마는 또 한 가지 제안을 합니다.

"얘야, 그런데 너는 아까 너의 작은 손으로 아주 커다란 병을 들어 옮기는 실험을 한 셈이란다. 이번에는 뒤뜰로 가서 다시 실험을 해 보자. 커다란 병에 물을 채워 옮기는 실험을 다시 한 번 해 보자는 말이지. 이렇게 하면서 병을 떨어뜨리지 않고 옮기는 방법을 발견해 보자꾸나."

이 실험 결과 아이는 한 손으로 병의 주둥이를 잡고 다른 손으로 병의 몸통을 받치면 그걸 떨어뜨리지 않고 옮길 수 있다는 걸 배웠습니다.

8. 칭찬의 효험

스님의 처방은 아주 간단했습니다.

"집에 돌아가 오늘부터 아들이 잘한 점을 기록하는 칭찬 일기를 써 보세요."

집으로 돌아온 어머니는 스님이 말한 대로 아들을 칭찬하는 일기를 쓰려고 했습니다. 그런데 도무지 칭찬할 거리를 찾을 수가 없습니다. 생각하면 할수록 아들의 한심한 모습만 떠오를 따름입니다. 이렇게 아무것도 쓰지 못한 채 며칠이 지나갔습니다. 드디어 나흘째, 일기장을 붙들고 '뭐라도 억지로 써야 하는데.' 하고 고민을 하고 있는데, 아들이 집에 들어오더니 잠을 잡니다. 어머니는 '옳다구나, 저걸 칭찬거리로 삼아야지.' 하고 얼른 칭찬 일기에 "오늘은 아들이 밤늦게나마 집에 들어와 잠을 잤다." 라고 기록했습니다.

그다음 날에는 경찰서에서 부르지 않은 것을 칭찬하고, 그다음 날에는 아침에 학교에 간 것을 칭찬하고…… 이렇게 칭찬 일기를 매일 쓰다 보니 온통 칭찬할 일뿐이었습니다. 어머니가 칭찬 일기를 쓰기 시작한 지 달포가 지난 어느 날 아들은 어머니 앞에 무릎을 꿇고 용서를 빌었습니다. 그리고 열심히 공부하여 좋은 대학에 입학하였습니다.

9. 아버지와 성적표

선영이 아버지는 한마디 말도 하지 않은 채 성적표에 도장을 찍어 주었답니다. 그리고 그날 저녁 고기를 사 와서 식구들과 아주 맛있게 식사를 했습니다. 선영이는 아버지가 아무 말도 하지 않은 것이 그렇게 고마울 수가 없었습니다. 그동안 공부하기 싫어했던 것이 죄스럽게 느껴지기까지 했습니다. 나중에는 공부를 열심히 해서 아버지를 기쁘게 해 드려야지 하는 생각까지 들더랍니다. 그 당시에는 아버지가 야단을 치지 않아 그저 고맙고 기쁜 감정을 느낀 것이 전부인 줄 알았는데 지금 생각해 보면 아버지가 자기를 믿어 준 것에 대한 뿌듯함이 가장 컸던 것 같다고 합니다. 지금 선영 씨는 초등학교 선생님입니다.

10. 우리는 공범

원장님은 환한 미소를 지으며 통 속으로 들어갔습니다.

"오, 형제들이여! 이 맛있는 음식을 나만 빼고 다 먹어 치울 생각이었습니까? 야속합니다. 나도 형제들과 함께하겠습니다."

이렇게 말하며 원장님은 뻘줌하니 서 있던 수도사들과 먹고 마시며 유쾌한 시간을 보냈습니다.

그다음 날 원장님은 교회에서 부원장 앞으로 나아가 몸을 부들부들 떨며 어젯밤 있었던 일을 고백하고 용서를 빌었습니다. 물론 함께 했던 수도사들이 빤히 보는 앞이었지요.

"부원장님, 사랑하는 형제들 앞에서 저의 죄를 고백하겠습니다. 저는 어제 술통 속에 들어가 육식과 음주를 함으로써 베네딕트 수도회의 법도를 어기는 죄를 저질렀습니다. 그러니 죄에 합당한 벌을 내려 주소서. 지금 이 자리에서 벌을 받는 것이 이 다음에 주님 앞에서 죄값을 치르는 것보다 훨씬 나을 것입니다."

결국 원장님은 처벌을 받은 후에 자기 자리로 되돌아갔습니다. 그러자 전날 술통에서 원장님과 함께 있었던 수도사들도 하나둘 자리에서 일어나 원장님과 똑같은 고백을 하며 처벌을 받았습니다.

11. 애첩의 입술

애첩의 말에 장왕은 큰 소리로 호통을 쳤습니다.

"지금 이 자리에서 갓끈을 떼지 않은 사람에게는 모두 벌을 내리겠소!"

신하들은 앞다투어 갓끈을 잡아떼었고, 불을 켜고 보니 누가 범인인지 알 길이 없어졌습니다.

그 후 2년이 지난 후 초나라와 진나라 사이에 전쟁이 벌어졌습니다. 초나라는 패전을 거듭해 매우 어려운 상황에 처해 있었는데, 이 때 한 장수가 군사를 이끌고 달려와 진나라 군을 섬멸해 나갔습니다. 장왕은 뜻밖의 원군에 반가워하면서 그 장수를 불러 만났습니다. 그리고 그가 2년 전 애첩의 입술을 빼앗았던 장본인이라는 고백을 듣게 되었습니다. 장수는 자기를 구해 준 장왕의 너그러움에 감복해서 은혜를 갚을 결심을 하고 때를 기다리고 있었다고 말했습니다.

12. 좋은 술

김 기자는 싱글벙글 웃으며 사장실을 나왔습니다. 그의 얼굴을 보고 의아해진 상사가 물었습니다.

"아니, 자네, 사장님에게 혼나지 않았나?"

"혼나다니요. 어제 술에 취해 기사를 쓴 거 같던데 무슨 술을 마셨느냐고 물으시길래 '소주를 마셨습니다' 했더니 앞으로는 좋은 술 마시라고 양주를 한 병 주시던데요!"

그 후 김 기자는 정말 성실하게 일하는 기자가 되었습니다.

13. 화가의 눈

화가는 그림이 완성되자 거지를 불러서 자신의 그림을 보여주었습니다. 영문을 모르는 거지가 화가에게 물었습니다. "이 사람이 누굽니까?"

화가가 미소를 띠며 대답합니다. "바로 자넬세!"

거지는 깜짝 놀라 그림을 보고 또 봤습니다. 그림에 묘사된 거지는 실제 자기 모습과 너무나 달랐습니다. 초점 없는 눈은 활기에 넘치는 야심찬 눈빛으로, 비굴한 표정은 강철 같은 의지가 철철 넘치는 희망찬 표정으로 바뀌었습니다.

"이게 정말 저입니까?"

"그렇다니까. 이 그림은 길 건너에서 구걸을 하는 자네 모습을 보고 내가 직접 그린 거야."

"이 그림 속 인물이 바로 저라는 말이지요? 고맙습니다, 선생님! 앞으로 반드시 이 그림 속 인물처럼 되고야 말겠습니다!"

거지는 어깨를 활짝 펴고 밝은 표정을 지으며 힘찬 목소리로 외쳤습니다.

14. 눈썹이 없는 여인

뒤를 흘끗 바라본 남편이 리어카를 멈추고 아내에게 다가왔습니다. 그리고 수건을 꺼내 아내의 얼굴을 닦아 주기 시작했습니다. 남편은 눈썹이 있는 부분은 건드리지 않고 아내의 얼굴에 있는 검댕을 모두 닦아 내었습니다. 아내의 눈물 자욱까지 다 닦아 낸 남편은 다정한 미소를 짓더니 앞으로 돌아가 다시 리어카를 끌기 시작했습니다.

15. 지붕 위의 일꾼들

목사는 아내에게 맛있는 음식을 장만하라고 부탁하고 밖으로 나갔습니다.

"한밤중에 일 하느라 수고들이 많으십니다. 잠깐 들어오셔서 야참 좀 드시고 하시지요. 어서들 들어오세요."

목사의 공손한 말과 태도에 어리둥절해진 주민들은 얼떨결에 집으로 들어왔습니다. 목사는 촛불이 켜진 식탁으로 그들을 안내한 후 감사의 기도를 올렸습니다. 그러자 그들은 음식을 먹는 둥 마는 둥 어색해하다가 슬금슬금 자리를 떴습니다. 다음 날 마을 주민들은 다시 목사를 찾아왔습니다.

"어제 보니 지붕에 수리해야 할 곳이 있어서 다시 왔습니다."

목사가 웃으며 고개를 끄덕이자 그들은 지붕 위에 올라 뚝딱뚝딱 듣기 좋은 망치 소리를 내기 시작했습니다.

16. 추위보다 소중한 것

민손은 화가 난 아버지에게 공손하게 말했습니다.

"아버지, 어머니가 집에 계시면 한 아들만 춥습니다. 하지만 어머니가 집을 나가시면 세 아들이 다 추울 것입니다. 아버지, 제발 우리 세 아들을 위해 어머니를 용서해 주십시오."

옆에서 이 말을 듣고 있던 새어머니가 눈물을 흘리며 민손을 감싸 안았습니다.

"손아! 내가 정말 잘못 생각했구나! 내가 죽일 년이다."

17. 꿈이 무서워요

애경 씨의 이야기를 자세히 들은 상담자는 애경 씨의 꿈에 나타나는 귀신이나 호랑이가 애경 씨일 것이라고 생각했습니다. 다시 말해, 그 귀신과 호랑이는 애경 씨가 만들어 낸 환영이라는 거지요. 다만, 애경 씨가 이 사실을 받아들이지 못하고 자꾸 자기의 환영으로부터 도망가려고 하는 데서 문제가 생긴다고 보았습니다. 상담자는 애경 씨에게 꿈에 나타나는 귀신과 호랑이를 자기 것으로 받아들이고 감싸 안는 연습을 시켰습니다. 이를테면 도망가려는 자세를 버리는 대신 귀신의 입장에서 자기에게 전하고 싶은 메시지가 무엇인지 알아보게 하는 거지요. 잠을 자다가 꿈에 귀신이 나타나면 얼른 귀신 속으로 들어가서 왜 그렇게 지겹게 애경 씨를 쫓아다니며 괴롭히는지 공감적으로 이해해 보라고 조언했습니다. 이 연습에 익숙해지면서 애경 씨가 악몽을 꾸는 빈도는 점차 줄어 가고 있습니다.

18. 가슴이 아파도

양민이 담임선생님은 조심스럽지만 끈덕지게 양민이가 자기의 감정을 탐색할 수 있도록 도왔습니다. 부모님 사이가 벌어지기 시작한 때부터 양민이가 느낀 다양한 부정적 감정을 표현하도록 하였습니다. 예를 들어, 부모님이 심하게 싸울 때 양민이는 어떤 감정을 느꼈는지 자기 내면을 들여다보고, 또 그 감정을 드러내 표현해 보게 했습니다. 담임선생님은 양민이가 자기 감정을 접촉하고 표현하는 것을 돕기 위하여 인형을 많이 활용했습니다. 놀이를 하듯 손가락에 인형을 끼우고 여러 가지 상황 속에서 다양한 역할을 해 보며 자기 감정을 탐색하도록 한 거지요. 양민이는 엄마 아빠가 되어 상황을 새로운 시각에서 보기도 하고, 인형놀이를 통해서 엄마 아빠 앞에서 드러내지 못했던 자기 감정을 마음껏 표현하기도 했습니다. 얼마 전에는 버림받은 느낌을 이야기하며 한참을 울기도 했습니다.

19. 내 탓? 네 탓!

상담자는 우선 W 씨가 꽁꽁 숨겨 놓은 성적 경험들을 조금씩 접촉하고 표현할 수 있도록 도왔습니다. 성학대와 강간을 당한 사건 하나하나를 천천히 그러나 자세히 다루었고, 그 사건들이 일어났을 때 W 씨의 반응이 아주 정상적이었으며 그 상황에서는 최선의 선택이었다는 점을 부각시켰습니다. 이를테면 오빠가 어떻게 성학대를 했는지 상황을 자세하게 묘사하게 하고, 서너 살 먹은 어린아이라면 힘이 센 오빠가 강제로 성추행을 할 때 무력하게 당할 수밖에 없다는 사실에 주의를 기울이도록 하였습니다. 강간 사건도 마찬가지였습니다. W 씨의 의사에 반하여 강제로 행해진 강간의 잘못은 W 씨가 아니라 강간을 행한 사람들에게 있는 것임을 분명히 했습니다. 강간을 당할 때 몸으로 느낀 성적 쾌감 역시 생물학적 관점에서 볼 때 자연스러운 반응일 따름이며, 생물학적으로 성적인 반응을 했다고 해서 자신을 더럽게 여겨야 할 근거는 어디에도 없다는 사실도 말해 주었습니다. W 씨의 아픈 경험을 이렇게 상담자가 객관적인 사실에 근거해 담담하게 받아들여 주자 W 씨에게도 변화가 나타났습니다. 그동안 W 씨가 내부 깊숙이 지녀 왔던 자신에 대한 수치심과 죄책감이 자기에게 못된 짓을 한 남자들에 대한 분노로 바뀌기 시작했습니다. 상담자는 이 분노를 마음껏 표출할 수 있게 도와줬습니다. W 씨는 그동안 자기를 묶어 왔던 아픈 경험들로부터 서서히 자유로워질 수 있었습니다.

20. 할머니와 학생

"기사님, 할머니 버스 요금은 여기 있습니다. 그리고 앞으로 이 할머니처럼 버스비를 가지고 타지 않은 분들을 위해 이 돈을 써 주시기 바랍니다." 학생은 이렇게 말하면서 만 원 짜리 한 장을 버스 요금통에 넣었습니다.

21. 보아 엄마

보아 엄마는 몇 번 말리다가 보아가 듣지 않자 생각을 바꿨습니다. 보아의 흥미와 적성과 재능을 인정한 보아 엄마는 과감하게 이사하기로 결정합니다. 아파트에서 전원주택으로 이사를 해 버린 거지요. 전원주택에서는 이웃 사람들을 의식할 필요 없이 보아가 마음대로 음악을 즐길 수 있으니까요. 그뿐이 아닙니다. 보아 엄마는 아예 노래방 기기를 집 안에 들여놓고 보아가 원할 때마다 자유롭게 노래를 부를 수 있게 해 주었습니다. 이때 보아는 초등학생이었습니다. 보아의 흥미와 적성과 재능을 믿고 원하는 노래를 마음껏 할 수 있도록 보아를 전적으로 수용해 준 보아 엄마의 결정이 오늘날 보아를 세계적인 스타로 성장시킨 원동력이 되었습니다.

사람 관계에서 무엇보다 먼저 고려되어야 할 것은 상대방의 마음입니다.

상대방의 마음에 무엇이 담겨 있는지, 마음으로 진정 원하는 것이 무엇인지 알아야

거기에 어울리는 대응을 할 수 있습니다.

Chapter 04

수용적인 삶

방촌 황희 정승

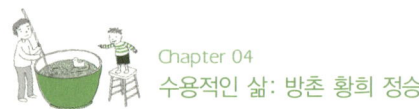

Chapter 04
수용적인 삶 : 방촌 황희 정승

　　지금부터는 수용적인 삶을 살다 간 역사 속 인물 한 분을 소개
하겠습니다. 바로 방촌 황희 정승입니다. 여기 소개하는 글은 이
미 출간된 바 있는 『현명한 아버지가 아이의 미래를 바꾼다』라
는 책에서 발췌한 내용입니다.

황희 정승은 그야말로 들어주기의 달인입니다. 아마 우리나라 역사상 그처럼 남의 말을 잘 들어준 사람을 찾기 어려울 겁니다. 또한 그는 남의 마음을 잘 헤아려 받아 주는 데에도 탁월한 역량을 보여 주었습니다. 그는 현대적 관점에서 볼 때에도 최고의 상담가라는 찬사가 아깝지 않은 사람이었습니다. 황희 정승의 삶을 통해 수용적인 삶이란 어떤 것인지 음미해 봅시다.

방촌 황희 정승(1363~1452)은 고려 공민왕 때부터 조선 문종 때까지 살다가 90세의 나이로 세상을 떠났습니다. 그는 87세에 사임하기까지 무려 58년간 관직 생활을 하였는데, 그동안 육조 판서를 모두 거쳤고 삼정승의 자리를 24년간 지냈으며 영의정을 19년간 역임하였습니다. 사이사이 있었던 휴직과 파직 기간을 감안하더라도 일생을 거의 관직생활로 보낸 셈입니다.

황희 정승은 슬하에 3남 1녀를 두었고, 생존해 있을 때 이미 69명이나 되는 손자녀를 두고 있었습니다. 아들들도 모두 상당한 지위에 오르거나 벼슬을 하였습니다. 그중 장남 치신은 호조 판서에 올랐고 삼남 수신은 영의정에 올라 아버지와 아들 2대가 영의정에 오르는 영광을 누리기도 했습니다.

하지만 시대의 청백리요 명재상이요 존경받는 아버지로 알려진 황희 정승에게도 흠결이 있었습니다. 세종실록과 문종실록을 살펴보면 황희 정승이 뇌물을 받은 일, 사건 조작에 관여한 일, 매직한 일, 간통 사건에 연루된 일들이 기록되어 있습니다. 문종

실록에는 "성품이 지나치게 관대하여 제가에 단점이 있었으며, 청렴결백한 지조가 모자라서 정권을 오랫동안 잡고 있었으므로, 자못 청렴하지 못하다는 비난이 있었다."는 인물평도 실려 있습니다.

그럼에도 정승이 그렇게 오랫동안 고위직을 유지하며 명재상으로 평판을 날린 데는 그만한 이유가 있었습니다. 다른 사람을 이해하고 배려할 줄 아는 넓은 도량, 상대방의 중심을 잘 읽고 적절하게 대응할 줄 알았던 지혜가 그 이유에 속할 것입니다. 정승이 세상을 떠난 후 국가에서 붙여 준 시호 '익성(諡成)'의 익 자도 '깊이 있게 사려할 줄 아는 지혜'라는 뜻으로, 정승의 성품을 잘 보여 줍니다. 저는 황희 정승의 이 사려 깊은 지혜 한가운데에 '들어주기'가 있다고 생각합니다. 황희 정승의 들어주기에는 현대 상담학자가 혀를 내두를 만한 대화의 철학과 기술이 담겨 있습니다. 그는 상대방의 마음을 잘 읽고 그의 말을 깊이 들으면서 대화를 전개할 줄 알았습니다. 그야말로 제3의 귀를 가지고 경청할 줄 아는 대화의 달인이었지요. 황희 정승이 58년에 이르는 관직 생활을 성공적으로 마치고 자녀 교육까지 훌륭히 해낸 비법이 바로 여기에 있습니다. 이제 황희 정승에 관한 일화를 중심으로 그가 가진 비법을 알아봅시다.

📩 선생이 고려 말 파주 적성이라는 곳에 훈장 선생으로

있을 때였다. 하루는 송경으로 가던 중 한 노인이 누런 소와 까만 소 두 마리로 밭을 갈다가 쉬는 것을 보았다. 선생이 노인에게 다가가 두 마리 소 중에 어느 소가 밭갈이를 더 잘하는지 묻자 노인이 선생의 귀에 입을 대고 어느 소가 더 낫다고 속삭였다. 이를 이상히 여긴 선생이 노인에게 속삭이는 이유를 묻자 노인은 한낱 짐승이라도 사람의 말이 좋고 나쁨을 짐작한다면서 선생이 나이가 어려 물정을 모른다고 나무랐다. 선생은 자신도 모르게 흠칫하였다. 선생은 이후 노인의 이 한마디를 가슴에 품고 한평생 겸손하고 어질고 후덕한 덕과 도량을 실천하며 살았다.

흔히 듣는 황희 정승의 일화입니다. 이 일화에서 황희 정승은 노인으로부터 '말'을 대하는 태도의 중요성을 배운 듯합니다. 말은 원래 속에 품은 마음을 밖으로 드러내는 행위입니다. 그런데 이 말은 단순히 내 속을 표현하는 데서 그치지 않고 그 말을 듣는 상대방에게 어떤 식으로든 영향을 줍니다. 특히 사람들은 비교하고 평가하는 말에 아주 민감합니다. 대부분의 사람들은 칭찬하고 격려하는 말은 듣기 좋아하지만 비난하고 꾸중하는 말은 듣기 싫어합니다. 나에게 좋은 말을 하는 사람을 좋아하고 싫은 말을 하는 사람은 싫어하는 것도 마찬가지 이치입니다. 이런 마음은 상대방을 대하는 태도와 행동에 그대로 반영되어 표현됩니다. 그러니까 좋다거나 싫다거나 다른 사람을 평가하는 말은 그대로 부메랑이 되어 그 말을 한 사람에게 되돌아옵니다. 다른 사람을 비교하고 평가하는 말을 조심해야 하는 이유가 여기에 있습니다.

소들이 자신의 말을 알아듣고 그에 반응한다는 사실을 인식하고 있는 노인은 소들의 마음을 행동으로 배려하고 있습니다. 길손이 물으니 대답은 해야겠는데 소들에게 영향을 줄 수 있는 비교하고 평가하는 말이므로 소들이 알아듣지 못하게 길손의 귀에 대고 속삭이듯 대답을 한 것입니다. 여기서 우리는 말하는 법에 대한 귀중한 원리 하나를 배우게 됩니다. 비교하고 평가하는 말처럼 상대방이 들으면 싫어할 말은 아예 입에 담지 않는 편이 좋다는 것입니다. 정말 불가피하게 어쩔 수 없이 말을 해야 한다면 가능한 한 상대방의 귀에 들어가지 않도록 조치를 취하는 게 좋습니다.

비교 평가하는 말을 조심하는 것뿐 아니라 우리가 말을 할 때 일반적으로 지켜야 할 사항이 또 있습니다. 일단 말을 할 때는 솔직해야 합니다. 내 속에 있는 느낌을 있는 그대로 솔직하게 드러내는 일은 대화의 기본입니다. 이런 솔직함이 있어야 서로 간에 신뢰가 쌓이기 때문입니다. 그런데 때로 속에 간직한 마음을 솔직하게 드러내기 어려운 상황들이 있습니다. 내 마음을 그대로 드러내면 상대방이 상처를 받거나 둘 사이의 관계가 험악해질 위험성이 있는 경우가 그렇습니다. 상대방에게 상처를 주기로 작정하고 말을 마구 한다면 모르겠지만, 그렇지 않을 때는 어떻게 해야 할까요? 침묵이 가장 좋은 답입니다. 이런 경우에 우리는 '침묵은 금이다'는 말을 합니다. 그러니까 솔직함을 지키기 어려운 상황이 되면 차라리 침묵으로 대응하는 편이 훨씬 낫습니다. 두 사람 사이에 충분한 신뢰가 쌓여 있다면 나중에 이 침묵의 의미를 서로 나눌 기회를 갖게 될 것입니다.

황희 정승이 노인에게 배운 또 하나의 교훈은 마음 읽기입니다. 한낱 미물이라고 무시하던 짐승들에게도 마음이 있다면, 그리고 그 마음의 움직임을 잘 배려해야 정상적인 관계를 유지하고 목표하던 과제를 제대로 성취할 수 있다면, 사람은 오죽하겠습니까! 그러니까 사람 관계에서 무엇보다 먼저 고려되어야 할 것은 상대방의 마음입니다. 상대방의 마음에 무엇이 담겨 있는지, 마음으로 진정 원하는 것이 무엇인지 알아야 거기에 어울리는 대응을 할 수 있습니다. 그렇다면 상대방의 마음을 잘 읽고 이해하기 위해서는 어떻게 해야 할까요? 아무리 생각해도 상대방의 말을 잘 듣는 일보다 더 나은 방법은 없습니다. 다음 일화에 나타난 황희 정승의 들어주기 방법을 살펴볼까요.

✉ 어느 날 집안의 여종들이 서로 싸우다가 한 여종이 황희 정승에게 와서 호소하였다.

계집종 A: "계집종 B와 다투었는데 그 계집종은 매우 간악합니다."

황희: "네 말이 맞다."

이번에는 계집종 B가 와서 역시 계집종 A가 나쁘다고 말했다.

황희: "네 말이 맞다."

곁에서 이를 지켜보던 황희의 아들이 못마땅한 말투로 말하였다.

아들: "어찌 아버지께서는 이 말도 옳고 저 말도 옳다고 하십니까?"

황희는 역시 이렇게 대답했다.

황희: "네 말도 맞다."

상대방의 마음에 무엇이 담겨 있는지,

마음으로 진정 원하는 것이 무엇인지 알아야

거기에 어울리는 대응을 할 수 있습니다.

언뜻 보면 이 일화 속 황희 정승은 판단력이 흐려 오락가락하는 줏대 없는 모습을 보이는 것 같습니다. 혹은 작은 일에 별로 신경을 쓰지 않는 대범한 모습을 보이는 것 같기도 합니다. 사실 황희 정승은 말하는 이의 입장에 서서 잘 들어 보면 모두가 옳을 수밖에 없다는 점, 따라서 어느 한쪽 편을 드는 일은 부질없다는 점을 잘 알고 있었습니다. 사람의 마음을 얻는 첫걸음은 바로 말하는 이의 이야기를 그의 입장에서 들어주고 받아 주는 것이라는 사실을 명쾌하게 이해했던 거지요.

편들기가 아니라 마음에 초점을 맞추며 상대방의 말을 열심히 듣다 보면 의외의 소득을 얻을 때가 있습니다. 상대방의 말 속에 이미 그가 원하는 바가 뚜렷이 들어 있을 때는 더욱 그렇습니다. 황희 정승의 다른 일화를 봅시다.

✉ 한번은 이웃에 사는 사람이 선생을 찾아와 물었다. "오늘 저녁이 저희 아버지 제삿날인데 암소가 송아지를 낳았으니 제사를 지내는 것이 좋습니까? 안 지내는 것이 좋습니까?" 그러자 선생은 지내는 것이 좋다고 했다. 얼마 뒤에 다른 이웃 사람이 찾아와 역시 아버지 제삿날에 암소가 새끼를 낳았다고 하면서 제사를 안 지내는 것이 옳은지 지내는 것이 옳은지를 물었다. 선생은 안 지내는 것이 옳다고 대답했다. 선생의 아들이 옆에서 듣고 있다가 같은 사안을 두고 답이 다른 점에 의문

을 제기하자, 네 말도 옳다고 하여 아들이 어찌하여 그러냐고 그 이유를 물었다. 선생의 답은 앞사람은 제사를 지내고 싶은 마음이 있어 제사를 지내는 것이 옳습니까? 라는 말을 먼저 하였기에 지내는 것이 옳다 하였고, 뒷사람은 제사를 지내고 싶은 마음이 없어 안 지내는 것이 옳습니까? 라는 말을 먼저 하였으니 안 지내는 것이 옳다고 하였다는 것이다. 제사는 각자 마음가짐과 성의대로 하는 것이 좋다고 생각한 선생은 일부러 그리 답한 것이었다. 여기서 '황희 정승 정치하듯 한다' 는 말이 생겼다 한다.

마음에 무엇인가가 담겨 있으면 으레 밖으로 표현되기 마련입니다. 말도 마찬가집니다. 왜 사람들이 말을 할까요? 자기 마음속에 있는 욕구를 충족시키기 위함입니다. 마음속에 욕구가 없으면 말도 없습니다. 그러니까 진정한 대화는 단순히 말을 교환하는 것이 아니라 마음속에 담긴 욕구를 교환하는 것이어야 합니다. 다시 말해, 대화는 말하는 이들의 마음에 담겨 있는 구체적인 욕구를 명확하게 드러내고 이를 제대로 충족시킬 방법을 찾아갈 때에야 생산적이라 말할 수 있습니다. 마음이 함께 따라가지 않는 대화가 겉돌 수밖에 없는 이유가 여기에 있습니다.

따라서 상대방을 이해하려면 상대방이 무슨 말을 할 때 '저 말을 왜 할까?' '저 말을 통해 만족시키려는 욕구가 무엇일까?' 에 주의를 기울이며 들어야 합니다. 이렇게 말을 듣기 시작하면 '답' 은 곧 쏟아져 나옵니다.

제사를 지내고 싶은 사람은 황희 정승에게 "제사를 지내야 합니까?" 하고 먼저 묻고 제사를 지내고 싶지 않은 사람은 "제사를 안 지내야 합니까?" 하고 먼저 묻습니다. 만일 황희 정승이 두 사람의 물음에 답하기 위해 문헌을 뒤지거나 선례를 찾아 정답을 발견하려고 했다면 아마도 헛수고로 끝났을 가능성이 높습니다. 정승이 찾아낼 정답은 두 사람의 마음이 찾는 정답과 전혀 다를 수 있기 때문입니다. 그래서 황희 정승은 처음부터 말하는 이들의 마음가짐에 초점을 맞추었습니다. 두 사람이 들은 대답은 정반대였지만 두 사람 모두를 만족시킬 수 있었던 것입니다.

황희 정승은 매사를 이렇게 다룬 듯합니다. 똑같은 질문에 대해 왜 정반대의 대답을 하는지 묻는 이들에게도 "네 말이 옳다." 라고 답합니다. '황희 정승 정치하듯 한다' 는 말이 생긴 것으로 보아 국사에 임할 때도 이렇게 한 듯합니다. 그러니까 앞장서서 해결책을 찾아가는 방식이 아니라 사람들의 마음속에 들어 있는 해결책을 끌어내어 충족시키는 방식을 취한 것이지요. 만일 정치가 황희 정승이 그랬듯이 '대립하는 양쪽을 다 편들어 주면서 양쪽이 행복한 해결책을 찾아가도록 이끄는 행위' 라면 정치도 한번 해 볼 만하다는 생각까지 듭니다.

'말' 을 들을 때 한 가지 더 생각해야 할 점이 있습니다. 말하는 사람이 처해 있는 상황입니다. 그러니까 말하는 이가 그 말을 편안하고 자유로운 상태에서 자발적으로 한 것인지 아니면 강압에 의해 억지로 한 것인지 잘 판단해야 합니다. 앞에서 예를 든 두 계집종이나 제사를 지내야 할지 물었던 이웃들은 자발적으로 찾아와 자기 마음을 이야기했습니다. 하지만 다음 일화처럼 상황이 전혀 다를 수도 있습니다.

✉ 하루는 선생이 입궐한 사이에 부인이 선생에게 드리기 위해 배를 시렁 위에 얹어 두고 친정에 갔다. 그날따라 선생이 일찍 퇴궐해 내실에 조용히 앉아 있었는데 시렁 위에서 쥐가 자꾸 들락날락하면서 그 배를 훔쳐 가려고 하였다. 그러나 배가 둥글고 미끄럽고 커서 입으로 물어 가지 못하고 있더니, 이윽고 다른 한 마리가 나타났다. 한 마리가 배를 안은 채 벌렁 드러누워 있으면 다른 한 마리가 배를 안고 있는 쥐를 물고 구멍 속으로 들어갔다. 이런 방법으로 쥐들은 배를 몽땅 훔쳐 가는 것이었다. 얼마 뒤에 부인이 들어와서 배를 찾았으나 한 개도 없어 선생에게 물어보았으나 선생은 모른다고 했다. 그러자 부인이 집을 보았던 어린 노비에게 추궁을 하였다. 어린 노비가 모른다고 하자 부인이 회초리로 때리니 겨우 두어 대를 맞고는 그만 자기가 먹었다고 거짓 자백을 하는 것이었다. 선생은 이 광경을 보고 내심 탄식하고는 며칠 뒤 조정에서 그 일

을 이야기하고 다음과 같이 여쭈었다. "지금 국내에는 반드시
애매한 형을 받은 자가 많을 것입니다." 왕은 이 제안을 받아
들여 오랫동안 감옥에 갇혀 있던 죄수들에게 사면령을 내렸다
고 한다.

　말하는 이가 처한 환경이 억압적이고 강제적이면 마음에 있는
이야기를 사실 그대로 편안하게 드러낼 수가 없습니다. 그래서
거짓말을 하고 사실을 왜곡하게 됩니다. 특히 상사와 부하, 교사
와 학생, 부모와 자녀처럼 권력과 힘에서 우열 관계가 뚜렷한 경
우에 이런 현상이 자주 나타납니다. 따라서 마음을 터놓고 제대

로 대화하고 싶다면 상대가 말을 편하게 할 수 있는 환경을 만들어 줘야 합니다. 있는 그대로 진실을 말해도 뒤탈이 없을 거라는 확신을 주어야 합니다.

흔히 보는 일이지만 자식 사랑이 큰 부모일수록 자녀들에게 요구가 많습니다. 그러다 보니 마음이 급해져서 아이들에게 이것저것 다그치고 윽박지르고 위협하고 때로는 공갈을 칩니다. 부모는 아이들을 위해서 그렇게 한다지만 아이들 입장에서 보면 참 난감할 때가 있습니다. 예를 들어, 부모 몰래 컴퓨터 게임을 하는 아동이 있다고 합시다. 이 아동은 정말 컴퓨터 게임을 하고 싶은데 부모가 절대 안 된다고 막무가내로 막으니 할 수 없이 부모 몰래 게임방을 전전하면서 컴퓨터 게임에 매달립니다. 간혹 부모가 "너 요즘 컴퓨터 안 하지?" 하고 물으면 어쩔 수 없이 거짓말을 하게 되고요. 상황이 이렇게 되면 부모 자식 사이에 솔직한 대화를 통해 마음을 주고받는 일은 기대하기 어렵습니다. 그리하여 자녀를 사랑할수록 자녀와 멀어지는 이상한 일이 벌어집니다. 자녀의 마음을 잘 이해하고 서로 솔직담백한 대화를 나누고 싶다면 평소 부모의 뜻을 앞세워 자녀의 욕구를 함부로 억압하는 일은 없어야 합니다.

지금까지 들어주기를 중심으로 황희 정승이 대화에 임하는 모습을 보았습니다. 황희 정승의 대화법은 황희 정승의 인품에서 비롯되었습니다. 상대방을 배려할 줄 아는 황희 정승의 넓은 도량과 포용 정신이 '들어주기' 를 가능하게 한 원동력이라는 말입니다. 그러니까 황희 정승의 대화법은 그의 인품의 표현이라고 말해도 과언이 아닙니다. 그렇다면 황희 정승의 인품은 어떠했을까요? 그의 인품을 짐작케 하는 일화들을 살펴봅시다.

✉ 선생은 도량이 넓고 커 대신의 체통이 있었으며 국사를 처리하는 데도 관대하였다. 집에 있을 때에는 그저 담담하여 어린 손자들이나 종들이 곁에 몰려들어 울고 장난을 쳐도 일체 나무라지 않았고 혹 턱수염을 잡아당기거나 뺨을 때려도 내버려 두었다. 하루는 부하 관리들과 더불어 일을 의논하다가 막 붓에 먹을 찍어 공문을 작성하려는데 종 하나가 종이에 오줌을 누었다. 그러나 선생은 성내지 아니하고 손으로 씻어 버릴 뿐이었다고 한다.

✉ 어느 추운 겨울날 한 판서가 상의할 일이 있어 동료 판서 집을 방문하였는데 마침 동료 판서가 호랑이 가죽을 깔고 앉아 있었다. 원래 호랑이 가죽은 왕만이 깔 수 있었다. 이를 본 손님 판서가 국법을 어기고 사치를 부린다고 지적하자 주인 판서는 잘못을 뉘우치고 용서를 구할 참으로 황희 정승을 찾아갔다. 마침 황희 정승의 집에는 손님 판서도 와 있었다. 호랑이 가죽을 깔았던 판서가 황희에게 전후 사정을 설명하며

　용서를 빌자 황희는 두 사람을 바라보고 기분 좋게 웃으며 국
가에 경사가 났다고 말했다. 까닭을 물으니 하나는 사과할 줄
아는 신하가 있다는 사실, 둘은 부정한 처사가 있을 때 이를 상
부에 보고하여 시정케 하려는 신하가 있기 때문이라고 답했다.

　황희 정승은 이렇게 사람들 사이에 갈등이 생기고 골이 깊어
질 때에도 위험한 상황들을 유연하게 포용할 줄 아는 인품이 있
었습니다. 이 인품이 밑바탕에 깔려 있었기에 정성을 다해 사람

들의 말을 들어주고 그들의 마음을 충족시키는 일이 가능했을 것입니다.

이렇게 볼 때 '들어주기' 라는 대화기술은 상대방을 포용하고 배려하는 '인품' 과 맞물릴 때 제대로 효과를 본다고 말할 수 있습니다. 언뜻 보면 '들어주기' 가 참 쉬울 것 같은데 막상 생활에 적용해 보려면 생각보다 쉽지 않은 이유가 여기에 있습니다. 그렇다 해도 희망은 있습니다. 한편으로 들어주기를 연습하고 다른 한편으로 관용의 폭을 넓히는 연습을 꾸준히 하다 보면 진전이 있을 테니까요.

혹시 황희 정승은 평생 화를 낸 적이 한 번도 없다고 오해할 독자가 있을 것 같아서 덧붙입니다. 황희 정승도 크게 화를 낸 적이 몇 번 있습니다. 호조판서가 되었다고 새 집을 짓고 이사한 큰 아들 치신, 기생집에 자주 출입하던 셋째 아들 수신, 그리고 출세길을 내달리던 김종서에 대해 꾸중을 한 이야기가 전해 옵니다. 이 중 김종서에 대해서는 여러 사람들이 이상하게 생각할 정도로 사사건건 책망이 심했다고 합니다. 어느 날 맹사성이 그 이유를 물으니 황희 정승은 "이것은 내가 김종서를 덕이 있는 사람으로 만들려고 하기 때문이오. 김종서는 성품이 거만하고 기질이 예민하며 지나치게 과감하고 신중하지 못해서 나중에 우리가 있는 자리에 올라오면 일을 그르칠 것임에 틀림없소. 그래서 미리 경계하고 격려하여 스스로 뜻을 삼가고 무겁고 너그럽게 하려 함이지 감히 그에게 재앙을 주려는 것이 아니오."라고 답했다고 합니다. 후에 황희는 우의정 자리를 물러나면서 그 자리에 김종서를 천거하였습니다. 이런 기록으로 보아 황희 정승이 무골호인이 아니었다는 점, 그리고 꾸중조차 상대방의 성장을 위하여 활용할 정도로 사람을 수용하고 중시했다는 점을 알 수 있습니다.

황희 정승과 같이 있으면 마음이 놓여서 할 말, 못할 말을 다 했을 것 같습니다. 웬만한 실수는 대수롭지 않게 넘어갈 것 같고 내 마음을 나와 같이 알아줄 듯합니다. 모든 것을 다 받아들이고 수용할 것 같은 황희 정승의 넉넉한 품이 그리운 시대입니다.

차이와 다름을 존중하고 이를 아름답게 바라볼 수 있다면
상대방을 수용하는 일은 훨씬 더 수월하게 이루어질 수 있습니다.

Chapter 05

수용 역량을 향상시키는
아홉 가지 방법

Chapter 05
수용 역량을 향상시키는 아홉 가지 방법

　　수용성은 대인관계를 대하는 태도이며 능력입니다. 그리고 이
태도와 능력은 사람마다 모두 다릅니다. 각자 살아오며 겪은 경
험과 삶의 여정에 따라 수용적인 태도와 능력에 큰 차이가 나타
납니다. 어린 나이에도 다른 사람을 수용하고 포용하는 성향이
뛰어난 사람이 있는가 하면 노인이 되어서도 자기중심성에 사로
잡혀 남을 수용할 줄 모르는 사람이 있습니다. 하지만 수용성 역
시 교육과 훈련을 통해 향상시킬 수 있습니다. 여기서는 수용 역
량을 향상시키는 방법들을 소개하겠습니다. 물론 여기 소개된
방법들 이외에도 좋은 방법들이 많이 있을 겁니다. 이런 방법들
을 찾아 수용성을 향상시키기 위해 노력한다면 좋은 결실을 맺
을 수 있을 겁니다. 자기 자신을 수용하는 방법들은 이미 다른
글에서 다룬 바 있으므로 이 글에서는 주로 다른 사람을 수용하
는 방법들에 초점을 맞추겠습니다.

♠♠ 상대방의 욕구를 찾고, 드러내고, 허용하기

수용을 잘 하려면 먼저 상대방이 원하는 것이 정확하게 무엇인지 찾아낼 필요가 있습니다. 무엇인지 알아야 그것을 수용할 수 있으니까요. 욕구를 찾아낸 후에는 그 욕구를 표현할 수 있게 도와줘야 합니다. 마지막으로 그 욕구가 무엇이든 수용해 줌으로써 그런 욕구를 갖는 것이 잘못이 아니라는 점을 인식시킬 필요가 있습니다.

구체적인 연습 방법은 다음과 같습니다.

첫째, 대화를 할 때 상대방이 왜 저 말을 하는지, 저 말을 통해 얻으려는 것이 무엇인지에 초점을 맞추고 듣습니다. 말에는 항상 목적이 들어 있습니다. 그냥 하는 말 같아도 찬찬히 따져 보면 그 이면에는 무언가 성취하려는 욕구가 들어 있다는 거지요. 따라서 말을 들을 때는 표현된 메시지 그 자체에도 귀를 기울여야 하지만 그 이면에 있을 법한 욕구에 초점을 두고 들을 필요가 있습니다.

둘째, 상대방의 욕구를 정확하게 찾았는지 확인합니다. 이를 위해 여러 가지 대화 기법을 활용할 수 있습니다. 예를 들어, 상대방의 말을 들은 후 되돌려 주기를 하거나 요약을 하면서 그 욕

말을 들을 때는 표현된 메시지 그 자체에도 귀를 기울여야 하지만
그 이면에 있을 법한 욕구에 초점을 두고 들을 필요가 있습니다.

구를 확인할 수도 있고, 정면으로 맞닥뜨리기를 할 수도 있고, 대화 도중 직접 물어볼 수도 있습니다. 이렇게 하면서 상대방의 반응을 잘 살펴봅니다.

셋째, 상대방이 마음껏 자기의 욕구를 표현할 수 있도록 합니다. 마음에 어떤 욕구가 생기면 이를 해결하고 넘어가야 합니다. 그렇지 않으면 늘 미완성된 과제로 남아서 마음의 힘을 빼앗아 갑니다. 물론 여러 가지 이유로 욕구를 충족시키지 못할 때가 있습니다. 이런 경우에도 최소한 이 욕구를 드러내 표현하면 속에 쌓인 에너지를 풀어내는 데 많은 도움이 됩니다. 따라서 언어, 신체, 글, 그림, 음악과 같은 다양한 통로를 이용해 상대방이 욕구를 표현할 수 있게 도와줍니다.

넷째, 상대방이 욕구를 표현할 때 무제한으로 수용합니다. 욕구를 드러내 표현하게 해 놓고 막상 상대방이 거칠고 강하게 욕구를 쏟아 내면 당황해서 서둘러 마무리하려는 경우가 있습니다. 이럴 거면 차라리 대화를 하지 않는 편이 낫습니다. 상대방이 욕구를 강렬하게 쏟아 내는 것은 그만큼 막혔던 에너지가 많다는 뜻입니다. 따라서 그 에너지가 다 소진될 때까지 마음껏 자기를 표현하도록 내버려 두는 게 제일 좋습니다. 상대방이 표현하는 욕구에 쓸데없이 자기를 관여시키지 말고 끝까지 들어주고 지켜보는 것이 중요합니다. 대개의 경우 사람들은 욕구를 다 쏟아 내고 나면 스스로 자기 정리를 합니다.

예를 하나 들어 보겠습니다.

✉ 순식 씨와 정임 씨는 올케와 시누이 사이입니다. 결혼 3년차인 순식 씨는 남편에 대해 이런저런 소소한 불만이 쌓여 있습니다. 친정이 멀리 떨어져 있으니 별것도 아닌데 달려가 하소연하기도 그렇고 그렇다고 이웃들에게 털어놓기도 그래서 그냥 지내고 있었습니다. 어느 날 휴일이라 집에서 쉬고 있던 정임 씨와 이런저런 이야기를 하다가 남편이 화제에 오르게 되었습니다. 오빠 흉을 봐도 좋으니 편하게 이야기하라고 부추기는 정임 씨의 말을 믿고 순식 씨는 남편에 대해 쌓였던 감정을 털어놓기 시작합니다.

정임: 언니도 시집살이 하느라 고생이 많네. 오빠는 잘해 주나요?

순식: 다 그렇죠, 뭐. 근데 오빠 좀 답답한 데가 있지 않아요?

정임: 뭐가 답답한데요?

순식: 그냥 뭐…….

정임: 오빠에게 불만이 있으면 망설이지 말고 이야기해 보세요. 오늘 제가 다 들어줄게요. 올케와 시누이 사이를 떠나서 여자 대 여자로 말이에요.

순식: 그럴까요? 그렇잖아도 누구와 이야기하고 싶었는

데……. 오빠는 결혼하더니 사람이 바뀐 거 같아요. 집에도 늦게 들어오고, 말도 잘 안 하고, 화도 잘 내고……

정임: 오빠가 그래요? 하긴 사는 게 힘들고 바쁘니까……. 그래도 언니가 참 힘들겠다.

순식: 네. 아무리 힘들어도 집에 있는 사람도 생각해 줘야지. 집에만 들어오면 나가떨어져 쉬기 바쁘고, 뭐라고 말을 붙이면 화만 내고…….

정임: 호호. 오빠가 힘들긴 힘든 모양이네.

순식: 오빠 옛날에도 그렇게 말이 없었어요? 어디가 막힌 것처럼 답답하고 말이 안 통해요. 내가 왜 이런 사람하고 결혼했는지…… 에이…….

정임: 오빠한테 실망이 크군요.

순식: 어머님도 그래요. 오빠가 퇴근 후 인사하러 어머님 방에 들어가면 빨리 내보내시지, 어떤 때는 한 시간도 좋고 두 시간도 좋으니…… 두 분은 짝짝꿍이 잘 맞나 봐요.

정임: …….

순식: 차라리 어머님하고 살지 결혼은 왜 했는지…… 에이, 결혼생활이 이런 건 줄 알았으면 시집을 오지 않았을 텐데…….

정임: …….

순식: 내 말은 코빼기로도 안 듣고 어머님 말이라면 죽는 시

능까지 하고…… 저번에 큰집에 일이 있을 때에도 어머
님이 시키는 대로 다 하고…… 난 정말 이 집에서 유령
인지 아님 밥이나 해 대는 밥순이인지 모르겠어요.

정임: 언니, 저도 이 집 사람이거든요? 말 좀 골라서 할 수 없
어요?

순식: 네?

정임: 얘기 고만해요. 에이, 괜히 기분만 잡쳤네.

순식 씨와 정임 씨 대화는 이렇게 끝이 났고, 그 이후 두 사
람이 집안 식구들에 대하여 진지하게 고민을 주고받는 일은
다시는 없었답니다. 정임 씨가 중간에 순식 씨 말을 막지 않고
처음에 했던 대로 계속 들어주고 받아 주었다면 아마도 결과
가 아주 달라졌을 겁니다.

💬 상대방이 표현하는 감정에 머물고 빠져들기

상대방의 감정에 동참하는 것도 상대방을 잘
받아들이는 방법의 하나입니다. 감정에 동참한다는 말은 상대방
이 느끼는 감정에 머물면서 그 속으로 함께 빠져든다는 뜻입니
다. 그러니까 상대방이 슬픔을 느끼고 있으면 함께 슬픔을 느끼

며 그 슬픔을 충분히 체험하는 것이지요. 상대방의 감정을 제삼자의 입장에서 객관적으로 대하지 않고 마치 자신의 감정인 양 빠져드는 것입니다.

구체적인 연습 방법은 다음과 같습니다.

첫째, 연습할 상대방(파트너)을 정합니다.

둘째, 대화를 하면서 파트너의 느낌과 감정에 집중합니다. 이때 파트너가 느끼는 감정의 원인이나 이유를 따지거나 그에 대해 평가하고 판단하지 않도록 주의합니다. 오로지 상대방이 현재 느끼고 있는 감정 상태에 주의를 기울입니다.

셋째, 파트너가 느끼는 감정의 정체를 파악하고 파트너가 거기에 머물러 있게 합니다. 때로는 파트너가 자기 감정인데도 잘 의식하지 못할 수 있습니다. 이런 경우 그런 감정을 자각하게 하고 아울러 그 감정에 머물러 충분히 체험할 수 있게 돕습니다. 감정에 머무르기를 할 때는 시간을 들여 천천히 대화를 진행합니다.

넷째, 파트너가 자기 감정에 머무르는 동안 그 감정 속으로 뛰어들어 가 함께 느껴 봅니다. 긍정적 감정이든 부정적 감정이든 종류에 상관없이 파트너가 체험하는 감정에 함께 젖어 보는 것이 중요합니다. 혹 '이래서는 안 되는데…….' '이거 좀 지나친데…….' 하는 식으로 금지하는 생각이 떠오르면 그냥 무시해 버리고 파트너의 감정을 섬세하고 충실하게 대리 체험할 수 있도록 자신의 내면에서 올라오는 느낌에 집중합니다.

다섯째, 자신이 느낀 감정을 파트너에게 드러내 표현합니다. "○○ 씨 이야기를 들으면서 짜증이 솟구치는데, ○○ 씨는 어떠세요?" "그 사람이 말을 더 못하게 입을 한 대 갈겨 주고 싶네요, ○○ 씨는 어떠세요?" 이런 식으로 자신의 감정을 표현하면서 그것이 파트너의 감정과 일치하는지 확인합니다.

여섯째, 파트너와 짝을 바꿔 연습합니다.

예를 하나 들어 보겠습니다.

✉ 준현이와 준민이는 쌍둥이 형제입니다. 일란성 쌍둥이라 얼굴 생김새가 똑같을 뿐만 아니라, 그들의 주장에 따르면 그들 사이에는 신체적으로도 정신적으로도 그리고 어떠한 면에도 차이가 없다고 합니다. 좋아하는 것, 싫어하는 것도 같고 능력도 같다는 거지요. 그런데 딱 한 가지 차이가 있습니다. 준현이가 말을 더듬는 것입니다. 준현이가 말을 더듬으면 준민이가 재빨리 낱말을 채워 줍니다. 이를테면 준현이가 "우리들은 모두 피-피-피-" 하고 말을 더듬으면 준민이가 '피자' 라고 말해 주는 거지요. 겉보기에는 공생하는 것 같지만, 사실 이들 사이에는 묘한 '경쟁심' 이 작용하고 있었습니다. 이를 간

파한 상담자가 준현이와 상담을 합니다.

상담자: 준민이가 적절한 낱말을 재빨리 채워 줘서 많이 고맙
다 말이지?

준 현: 네. 준민이는 나를 많이 도------와줘요.

상담자: 그럼 준현이는 준민이 도움을 많이 받는 건데…….
지금까지 준현이와 준민이는 모든 면에서 똑같다고
생각하고 살아온 거 아닌가? 그런데 준현이가 말을
더듬고 준민이 도움을 받을 때는 둘이 똑같은 게 아
니네.

준 현: 네?

상담자: 둘이서 좋아하고 싫어하는 것도 똑같고, 능력도 똑같
다고 했잖아. 하지만 말을 더듬는 건 준현이고 이때
도움을 주는 건 준민이고…… 그러니까 적어도 이 면
에서는 준민이가 준현이보다 낫다고 말할 수 있겠네.

준 현: 어…….

상담자: 지금 어떤 느낌이 들지?

준 현: 음…….

상담자: 그래, 지금 느끼는 느낌, 그 기분에 그대로 머물러 있
어 보렴.

(한참의 침묵)

감정에 동참한다는 말은 상대방이 느끼는 감정에 머물면서
그 속으로 함께 빠져든다는 뜻입니다.

상담자: 내가 준현이 입장이 되어 보니까 준민이한테 지기 싫은 마음이 느껴지네. 그리고 준민이가 재빨리 낱말을 채워 주는 게 한편으로 화가 나기도 하고…… 괜히 잘난척 하는 거 같고…… 나보다 낫다고 재는 것 같고…….

준　현: 글쎄요…… 그런 거 같기도 하구요. 잘 모르겠어요.

👀 정의에서 풀려나기

　　　　　　정의는 뜻을 명백히 밝혀 규정하는 행위를 말합니다. 어떤 사태에 대한 정의를 내려 버리면 이를 다르게 해석하고 받아들일 가능성이 줄어듭니다. 따라서 정의는 이미 벌어진 사태를 이해하는 중요한 수단이 되지만 한편으로는 사태를 새롭게 바라볼 가능성을 닫아 버리는 방해물이 되기도 합니다. 일단 정의가 내려지고 나면 그 사태가 변화할 가능성이 간과될 뿐 아니라 그렇게 되기까지의 과정이 무시되는 문제도 있습니다.

　어떤 사람에 대해 정의를 내릴 때 이러한 문제는 한층 심각해집니다. 특정한 정의에 갇히면 사람을 있는 그대로 수용하기가 어렵습니다. 그러므로 사람을 대할 때는 늘 정의에 갇히지 않고 신선한 시선으로 바라볼 수 있는 역량을 키워야 합니다. 적어도 사람을 지각하고 인식할 때에는 정의에 갇혀 있는 결과언어를 쓰지 않고 생성되는 과정에 초점을 맞춘 과정언어를 쓰는 것이 한 방법이 될 수 있습니다.

결과언어 대신 과정언어를 사용하는 방법을 연습해 봅시다. 대개 결과언어는 이름이 붙는 명사형, '~형'(또는 성)이라는 어미가 붙는 명사형, '~적'이라는 말이 붙는 수식어로 표현됩니다. 이들을 '지금' 저런 상태에 있을 뿐이라는 과정언어로 풀어서 지각한다면 사람을 바라보는 시각이 달라질 수 있습니다. 다음 낱말들을 결과언어에서 과정언어로 풀어서 설명해 보았습니다. 여기 제시된 낱말들 이외에도 많은 낱말을 생각해 보고 과정언어로 다시 표현하는 방법을 연습해 보세요.

이름이 붙는 명사형

- 강박증: 지금 마음속에서 떨쳐 버리려 해도 떠나지 않는 억눌린 생각으로 힘들구나.
- 건달: 지금 하는 일 없이 빈둥빈둥 놀거나 게으름을 부리고 있구나.
- 게으름뱅이: 지금 게으른 태도를 보이고 있구나.
- 고집쟁이: 지금 고집을 세게 부리는구나.
- 멋쟁이: 지금 멋을 부리고 있구나.
- 멍청이: 지금 아둔하고 어리석은 짓을 하는구나.

- 무능력자: 지금 일을 감당하거나 해결할 만한 능력이 없구나.
- 불안증: 지금 마음이 편안하지 않고 조마조마하구나.
- 우울증: 지금 근심스럽거나 답답하여 활기가 없구나.
- 정신병: 지금 정신의 장애나 이상으로 말이나 행동이 정상적으로 이루어지지 않는구나.

'~형' 이라는 어미가 붙는 명사형

- 개방형: 지금 자기를 열어 놓고 자유롭게 교류하는구나.
- 내향형: 지금 흥미나 관심이 자기 내면으로 향하고 있구나.
- 노출형: 지금 겉으로 드러내고 있구나.
- 다혈질형: 지금 자극에 민감하고 쉽게 흥분하며 성급하게 행동하는구나.
- 사치형: 지금 필요 이상으로 돈이나 물건을 많이 쓰는구나.
- 은둔형: 지금 세상을 피하여 숨으려고 하는구나.
- 의심형: 지금 확실히 알 수 없어서 믿지 못하는구나.
- 이성형: 지금 이성에 따라서 이치에 맞게 판단하려고 하는구나.
- 직관형: 지금 대상을 직접 부딪히며 파악하려고 하는구나.
- 집착형: 지금 어떤 것에 마음이 쏠려 잊지 못하고 매달리는구나.

- 고립적: 지금 다른 사람과 어울려 사귀지 못하고 외톨이가 되었구나.
- 냉소적: 지금 쌀쌀한 태도로 비웃는구나.
- 독재적: 지금 모든 일을 자기 뜻대로 처리하려고 하는구나.
- 맹목적: 지금 이성을 잃어 적절한 분별이나 판단을 못하는 구나.
- 분석적: 지금 얽혀 있거나 복잡한 것을 하나하나 나누고 풀어서 잘 이해하는구나.
- 사교적: 지금 여러 사람과 모여 사귀려고 하는구나.
- 자기중심적: 지금 남의 일보다 자기 일을 먼저 생각하고 더 중요하게 여기는구나.
- 적극적: 지금 저 일에 관심을 갖고 매우 열심히 활동하는구나.
- 적대적: 지금 다른 사람을 적과 같이 대하는구나.
- 허위적: 지금 진실이 아닌 것을 진실처럼 꾸미려고 하는구나.

❝❝ 다름의 아름다움 즐기기

차이와 다름을 존중하고 이를 아름답게 바라볼 수 있다면 상대방을 수용하는 일은 훨씬 더 수월하게 이루어

백인종과 황인종은 피부 색깔이 서로 다른 것이지
어느 한쪽이 틀린 것이 아닙니다.

질 수 있습니다. 다른 사람의 다름을 다름답게 존중하려면 어떤 기준을 들이대며 그 다름을 평가하지 않는 것이 중요합니다. 그러니까 다른 것을 틀린 것이나 잘못된 것으로 보지 말라는 거지요. 백인종과 황인종은 피부 색깔이 서로 다른 것이지 어느 한쪽이 틀린 것이 아닙니다. 백인종 쪽에서 황인종을 보고 틀린 피부색을 가진 사람들이라고 말한다면 얼마나 웃기는 일입니까.

그런데 우리의 일상 언어를 보면 이런 일이 흔하게 일어납니다. 우리는 알게 모르게 다른 것을 틀린 것이라고 말할 때가 많습니다. 이런 언어 습관은 사고에도 영향을 끼쳐서 은연중에 자기와 다른 상대방을 평가하고 차별하고 무시하는 태도를 갖게 합니다. 다름의 아름다움을 즐기려면 이렇게 어긋난 언어와 사고 습관을 교정하는 것이 좋습니다.

다음은 다름의 아름다움을 즐기기 위한 하나의 방법입니다.

첫째, 다른 사람을 만날 때 시각, 청각, 후각 등 여러 감각을 활용하여 나와 다른 점을 상세하게 찾습니다.

둘째, 나와 다른 점을 찾을 때는 평가하는 언사를 떠올리지 않고 가능한 한 중립성을 지키며 있는 그대로 보려고 노력합니다.

셋째, 찾아낸 다른 점에 주목하면서 "나와 ~이 다르구나, 참 아름답다."는 말을 덧붙입니다. 다름에 해당하는 '~'의 내용이 실제로 나에게 아름답다고 여겨지지 않아도 이렇게 말합니다.

다시 말해, 다름의 내용에 대해 내가 어떻게 생각하든 상관없이 (자기의 가치관이나 기호에 상관없이) 이 말을 붙이는 연습을 하라는 거지요. 혹 이 말을 상대방이 들을 것 같아 어색하면 작게 혼잣말을 하거나 속말로 대신 합니다.

넷째, 앞의 세 가지 단계를 생각에 대해서도 반복합니다. 대화를 통해 이해한 상대방의 생각을 속으로 잘 요약한 후, "나와 다르게 생각하는구나, 참 아름답다."는 말을 덧붙입니다.

다섯째, 앞의 세 가지 단계를 감정에 대해서도 반복합니다. 상대방의 감정을 대리 경험한 후, "나와 다르게 느끼는구나, 참 아름답다."는 말을 덧붙입니다.

여섯째, 연습할 상대가 있으면 서로 역할을 바꿔 가며 위의 과정을 반복합니다.

어떻게 연습하는지 예를 들어 보겠습니다.

✉ 상구 씨와 구상 씨가 만났습니다. 상구 씨는 자기와 다른 구상 씨의 아름다움을 감상하기 위하여 다음과 같이 행동합니다.

먼저, 상구 씨는 구상 씨의 외모를 찬찬히 뜯어보면서 자기와 다른 점을 찾아봅니다.

구상 씨는 상구 씨보다 키가 10cm 정도 작습니다. 구상 씨는 여기에 주목하며 "나와 키가 다르구나. 참 아름답다."라고 혼 잣말을 합니다.

구상 씨는 상구 씨보다 피부색이 검습니다. 구상 씨는 여기에 주목하며 "나와 피부색이 다르구나. 참 아름답다."라고 혼 잣말을 합니다.

구상 씨의 눈은 상구 씨의 눈보다 작고 깁니다. 구상 씨는 여기에 주목하며 "나와 눈의 모양이 다르구나. 참 아름답다."라고 혼잣말을 합니다.

구상 씨의 목소리는 상구 씨의 목소리보다 탁한 저음입니다. 구상 씨는 여기에 주목하며 "나와 목소리가 다르구나. 참 아름 답다."라고 혼잣말을 합니다.

구상 씨는 말을 하면서 이따금 리드미컬하게 쿵쿵 소리를 냅니다. 구상 씨는 여기에 주목하며 "나와 말하는 방식이 다르구나. 참 아름답다."라고 혼잣말을 합니다.

구상 씨의 몸에서 땀 냄새가 납니다. 구상 씨는 여기에 주목하며 "나와 몸 냄새가 다르구나. 참 아름답다."라고 혼잣말을 합니다.

상구 씨는 구상 씨와 대화를 전개하며 구상 씨의 감정 속으로 들어가 구상 씨가 느끼는 여러 감정을 대리 체험하면서 자기와 다른 점을 찾아봅니다.

상구 씨와 다르게 구상 씨는 가족들에게 상처를 입고 가족들

"나와 키가 다르구나. 참 아름답다."
"나와 피부색이 다르구나. 참 아름답다."
"나와 눈의 모양이 다르구나. 참 아름답다."

에게 굉장히 다양한 복합감정을 느끼고 있습니다. 상구 씨는 여기에 주목하며 "가족들에 대해 느끼는 감정이 나와 다르구나. 저렇게 느낄 수 있다는 것이 참 아름답다."라고 혼잣말을 합니다.

상구 씨와 다르게 구상 씨는 세상 돌아가는 모습에 대한 분노가 큽니다. 상구 씨는 여기에 주목하며 "세상에 대한 분노가 나와 다르구나. 저렇게 느낄 수 있다는 것이 참 아름답다."라고 혼잣말을 합니다.

상구 씨와 다르게 구상 씨는 작은 일에도 쉽게 흥분합니다. 상구 씨는 여기에 주목하며 "작은 일에 대한 감정적 반응이 나와 다르구나. 저렇게 느낄 수 있다는 것이 참 아름답다."라고 혼잣말을 합니다.

상구 씨는 구상 씨와 대화를 하면서 그때그때 구상 씨의 생각을 요약하며 자기와 다른 점을 찾아봅니다.

상구 씨와 다르게 구상 씨는 사회참여 의식이 매우 높습니다. 여기에 주목하며 상구 씨는 "사회참여에 대한 생각이 나와 다르구나. 저렇게 생각할 수 있다는 것이 참 아름답다."라고 혼잣말을 합니다.

상구 씨와 다르게 구상 씨는 사회의 민감한 문제들을 모르는 채 살아가는 사람들에 대하여 매우 비판적입니다. 여기에 주목하며 상구 씨는 "자기와 다른 생각을 하는 사람들에 대한 비판의식이 나와 다르구나. 저렇게 생각할 수 있다는 것이 참 아름답다."라고 혼잣말을 합니다.

상구 씨와 다르게 구상 씨는 사회의 민감한 문제들에 대하여 직접 행동으로 나서야 한다고 생각합니다. 여기에 주목하며 상구 씨는 "행동으로 하는 사회참여에 대한 생각이 나와 다르구나. 저렇게 생각할 수 있다는 것이 참 아름답다."라고 혼잣말을 합니다.

66 나지사 명상하기

'나지사 명상'은 동사섭이라는 집단상담을 이끄는 용타스님이 개발한 자기수양 방법입니다. 원래 나지사 명상은 불교에서 '삼독'이라고 말하는 탐·진·치의 마음이 일어날 때 그에 휩쓸려 들어가지 않고 객관적으로 바라보는 힘을 기르기 위해 활용하는 방편입니다. 그러나 상대방을 판단하거나 평가하지 않고 있는 그대로 받아들이는 방법으로도 추천할 만합니다. 참고로 탐·진·치는 좋아하는 대상에 대한 집착, 좋아하지 않는 대상에 대한 반감과 혐오, 지적인 번뇌 등을 말합니다. '나지사'라는 이름은 '~구나, ~겠지, ~감사'의 마지막 세 글자를 따서 붙여졌습니다.

구체적인 연습 방법은 다음과 같습니다.

첫째, 상대방이 어떤 말이나 행동을 할 때 '~라고(저렇게) 말하고 행동하는구나' 하고 중립적인 언어로 상대방이 하는 말이나 행동을 기술합니다.

둘째, 상대방이 하는 말이나 행동의 배경에 어떤 사연이 있을 거라고 생각하고 '~라고(저렇게) 말하는 사정이나 사연이 있겠지' 하고 그냥 받아들입니다. 이때 어떤 기준을 세워 판단하거나 평가하지 않습니다.

셋째, 상대방의 말과 행동이 더 악화되지 않고 그 상태에서 그친 것을 다행으로 여기며 '그래도 더 하지 않고 저 정도에서 그쳤으니 감사하지(다행이지)' 하고 감사하는 마음으로 받아들입니다.

어떻게 연습하는지 예를 들어 보겠습니다.

- 상황: 친구가 추남이라고 나의 외모를 가지고 놀린다.
  '저 사람이 나를 추남이라고 놀리는구나.'
  '나를 추남이라고 놀리는 사연이 있겠지.'
  '그래도 이 새끼 저 새끼라고 욕하지 않고 추남이라고만 했으니 그만한 게 감사하지.'

• 상황: 차가 갑자기 끼어들기를 한다.

　'저 사람이 갑자기 끼어들기를 해서 사고가 날 뻔 했구나.'

　'갑자기 끼어들기를 한 사정이 있겠지.'

　'그래도 충돌 사고가 나지 않았으니 이만한 게 다행이지.'

• 상황: 아내가 별거 아닌 일로 바가지를 심하게 긁는다.

　'저 사람이 바가지를 심하게 긁는구나.'

　'아마 저렇게 해야 할 만한 무슨 사정이 있겠지.'

　'그래도 혼자 속으로 앓지 않고 저렇게 밖으로 쏟아 내니 감

　　사하지.'

• 상황: 아이가 공부는 하지 않고 TV 앞에서 떠날 줄 모른다.

　'아들 녀석이 TV를 열심히 시청하는구나.'

　'나름대로 무슨 생각이 있겠지.'

　'그래도 밖으로 돌지 않고 집에서 놀고 있으니 감사하지.'

• 상황: 대학 강의 시간에 학생이 정신없이 졸고 있다.

　'저 친구가 정신없이 졸고 있구나.'

　'아마 저렇게 졸 수밖에 없는 무슨 사연이 있겠지.'

　'그래도 저렇게 졸지언정 수업을 들어야겠다고 강의실에 들

　　어왔으니 감사하지.'

●● 맥락 충분히 파악하기

　　　　　　　　사람의 말이나 행동은 늘 어떤 맥락 속에서
일어납니다. 따라서 어떤 말이나 행동을 제대로 이해하고 받아
들이려면 그 말과 행동이 일어난 전후 맥락을 함께 고려해야 합
니다. 맥락에 대한 고려 없이 이미 벌어진 장면이나 상황에만 주
의를 기울이면 사태를 오해할 가능성이 매우 높습니다. 이렇게
오해를 한 상태에서 개입하려고 할 때 상당한 부작용이 생기는
것은 말할 필요도 없고요. 일반적으로 다른 사람들을 수용하지
못하는 이유는 맥락을 충분히 파악하지 않는 데에 있습니다. 당
장 눈에 보이는 것만을 판단의 근거로 삼으니 제대로 이해할 수
없는 거지요. 받아들일 수 없는 어떤 일이 발생했을 때 즉각 반
응하지 않고 조금 기다리면서 전후 맥락과 사정을 충분히 파악
하는 습관을 들인다면 그만큼 수용의 폭이 커질 것입니다.
　구체적인 연습 방법은 다음과 같습니다.

　첫째, 받아들이기 어려운(또는 힘들었던) 사건을 찾습니다. 과
거에 있었던 사건도 좋고 현재 경험하고 있는 사건도 좋습니다.
자기가 받아들이지 못해서 분통을 터뜨리거나(렸거나) 억울해하
거나(했거나) 힘들어하는(했던) 사건들을 찾아봅니다.

둘째, 그 사건에 대한 반응을 당분간 보류합니다. 과거에 벌어진 사건에 대해서는 이미 어떤 반응을 했었겠지만, 일단 그때 했던 반응을 잠시 지워 둡니다. 현재 경험하고 있는 사건이라면 자신의 내면에서 올라오는 반응을 잠시 옆으로 밀쳐 둡니다.

셋째, 시간을 들여 그 사건이 일어난 전후 사정을 알아봅니다. 그 사건이 일어나기 전후에 상대방에게 무슨 일이 있었는지 확인합니다. 상대방에게 직접 물어볼 수도 있고, 주변 사람에게 물어볼 수도 있고, 여러 가지 정황 증거들을 동원하여 그런 사건이 일어난 맥락을 추측해 볼 수도 있습니다.

넷째, 전후 맥락을 충분히 고려한 반응을 합니다. 앞에서 잠시 지워 두었거나 옆으로 밀쳐 두었던 반응들을 깨끗이 쓸어 버리고, 맥락을 고려한 후 생긴 새로운 반응으로 이를 대치합니다. 그리고 맥락을 고려할 때와 고려하지 않을 때 얻는 득과 실을 따져 봅니다.

그럼 예를 들어 보겠습니다.

✉ 초등학교 6학년인 만원이가 오늘 학교에 지각을 했습니다. 그런데 만원이는 입에서 술 냄새까지 풍기고 있었습니다. 몹시 화가 난 담임선생님은 만원이를 크게 혼냈습니다. 지각한 것도 문제지만, 어린 녀석이 아침부터 술을 마시고 다닌다

고 혼을 낸 거지요. 만원이는 아무 말도 못하고 그냥 울기만 했습니다. 며칠이 지나서 담임선생님은 만원이의 최근 가정 사정을 알게 되었습니다. 부부싸움 끝에 어머니는 집을 나가고 아버지는 술에 파묻혀 지낸답니다. 아무도 어린 만원이의 식사를 챙겨 주지 못하는 상황이 된 거지요. 그날 아침에도 배가 고파 쩔쩔매고 있는데 마침 이웃집에서 술을 건지고 남은 술찌개미를 광주리에 담아 마당 한쪽에 놓아둔 것이 눈에 띄었

답니다. 배가 몹시 고픈 만원이는 이것저것 생각할 겨를 없이 허겁지겁 그 술찌개미를 먹고 학교에 온 것이랍니다.

만일 담임선생님이 만원이의 행동에 대하여 앞에서 말한 네 가지 단계를 거치며 대응했다면 만원이의 행동을 이해하고 수용하기가 훨씬 더 쉬웠겠지요.

✉ 어느 일요일, 느긋하게 휴일을 즐기고 있는 후영 씨에게 아침부터 컴퓨터가 제대로 작동되지 않는다고 아내가 불평을 했습니다. 컴퓨터를 쓸 줄만 알았지 고칠 줄은 모르는 후영 씨는 아내의 불평을 그냥 대수롭지 않게 넘겼습니다. 우리 집 남자들은 컴퓨터 하나 고칠 줄 모른다고 아내의 잔소리가 그칠 줄 모릅니다. 그러거나 말거나 후영 씨는 거실에서 TV 시청에 열중합니다. 그러고 있는데 갑자기 아내가 대학생인 아들에게 거칠게 화를 내며 호통을 치는 소리가 들려 왔습니다. 순간 짜증이 폭발한 후영 씨, "고만 징징대지 못해! 아침부터 이게 뭐하는 짓이야! 그깟 컴퓨터 때문에 집안을 쑥대밭으로 만들 거야?" 하고 목청을 올려 큰 소리를 냅니다. 나중에 알고 보니 컴퓨터를 만지던 아들이 아내가 그동안 정성껏 모아 왔던 글이며 사진을 클릭 한 번으로 순식간에 모두 날려 버렸답니다. 잃어버린 글과 사진이 너무 아까웠던 아내의 호통 소리는

그 때문에 나왔답니다.

만일 후영 씨가 아내와 아들 사이에 있었던 일을 너무 쉽게 단정하지 않고 아내의 호통에 대하여 앞에서 말한 네 가지 단계를 거치며 대응했다면 아내와 다툼을 벌일 일은 없었겠지요.

✉ 오랫동안 병석에 누웠던 주량 씨의 아버지가 돌아가셨습니다. 슬픔에 젖은 주량 씨는 예에 따라 장례식을 치렀습니다. 멀고 가까운 곳에서 친지들이 찾아와 문상을 하고 갔습니다. 그런데 가깝게 지내던 큰집 사촌동생 양주 씨가 간단하게 문상만 하고 그냥 집으로 가겠다고 일어났습니다. 보통 상을 당하면 밤을 새우며 함께 빈소를 지켰던 주량 씨네 집안에서 보기 드문 일이었습니다. 이를 괘씸하게 여긴 주량 씨는 양주 씨에게 심하게 야단을 칩니다. 양주 씨는 형이 치는 야단을 다 들은 후 조용히 집으로 돌아갔습니다. 분이 풀리지 않은 주량 씨는 그날 내내 친척들에게 양주 씨를 나쁘게 말했습니다. 실은 양주 씨는 이틀 전에 의사로부터 건강검진 결과 대장암이라는 판정을 들었습니다. 아직 40대 초반인 양주 씨는 이를 어떻게 받아들여야 할지, 가족들에게 어떻게 말해야 할지 지금 한창 고민 중이라 마음이 혼란스럽기 짝이 없었습니다. 작은 아버지가 돌아가셔서 마음이 아프고 사촌형의 마음도 잘 알지

만 밤을 새우며 친척들과 함께 있기에는 너무 힘든 상황이었던 것입니다.

만일 주량 씨가 마음을 조금만 더 너그럽게 갖고 양주 씨의 행동에 대하여 앞에서 말한 네 가지 단계를 거치며 대응했다면 양주 씨의 마음을 더 아프게 하지는 않았겠지요.

●● 사각모 쓰고 바라보기

모든 대상은 보는 시각에 따라 다르게 지각됩니다. 책상 위에 놓인 컵이 바라보는 위치와 각도에 따라 다른 모양으로 보이는 것처럼 사람에게 일어난 일도 마찬가집니다. 오래 전에 강도·강간 사건을 입장이 다른 네 사람의 위치에서 조명한 영화가 있었습니다. 똑같은 사건인데도 화자가 누구인가에 따라 전혀 다르게 해석하는 것을 보면서 여러 가지 생각을 했습니다. 사실이 '객관적'으로 존재하는 것이 아니라 개인의 '주관적'인 지각에 따라 달라지는 거라면 자기를 중심에 놓고 생각하는 자기중심성을 버릴 필요가 있습니다. 대신 다양한 시각을 취하며 폭넓게 바라보는 유연성을 취하는 것이 현명한 선택이겠지요. 네 가지 모자, 즉 '사각모 쓰고 바라보기'는 같은 사건을

다양한 시각을 통해 볼 수 있도록 돕는 전략입니다. 적어도 네 가지 시각에서 생각해 본다면 상대방을 수용할 수 있는 여지가 그만큼 커질 것입니다.

구체적인 연습 방법은 다음과 같습니다.

첫째, 사각모는 네 가지 모자를 뜻합니다. 네 가지 모자의 색깔은 각각 빨강색, 초록색, 주황색, 분홍색으로 정합니다.

둘째, 먼저 빨강색 모자를 쓰고 그 입장에서 벌어진 사건과 상대방을 바라봅니다. 빨강색 모자는 자기 입장을 대변하는 모자입니다. 그러니까 늘 익숙한 그 방식대로 자기 입장에서 사건과 상대방을 생각해 보는 거지요.

셋째, 이번에는 초록색 모자를 쓰고 거꾸로 그 입장에서 벌어진 사건과 '자기(나)'를 바라봅니다. 초록색 모자는 상대방 입장을 대변하는 모자입니다. 그러니까 마치 상대방이 된 것처럼 그 입장에서 사건과 '자기(나)'에 대한 심정을 생각해 보는 겁니다.

넷째, 이번에는 주황색 모자를 쓰고 그 입장에서 벌어진 사건과 상대방과 자기를 바라봅니다. 주황색은 자기 입장과 상대방 입장을 객관적으로 바라보는 중립적 입장을 대변하는 모자입니다. 그러니까 객관적이고 중립적인 입장에서 벌어진 사건과 상대방과 자기를 동시에 생각해 보는 겁니다.

다섯째, 이번에는 분홍색 모자를 쓰고 그 입장에서 벌어진 사건과 상대방과 자기를 바라봅니다. 분홍색은 인류애 내지는 형제애를 대변하는 모자입니다. 그러니까 인류애라는 보다 커다란 사랑공동체에 속한 형제라는 입장에서 벌어진 사건과 상대방과 자기를 생각해 보며 받아들이는 겁니다.

여섯째, 함께 작업할 사람들이 충분하다면 사람들에게 모자를 씌우고 모자 색깔에 따른 입장을 유지하면서 돌아가며 이야기하게 합니다. 이때 이야기 분량은 균등하게 배분하는 게 좋습니다.

이 연습을 하면서 한 가지 명심할 점이 있습니다. 이 연습을 하는 목적은 '생각과 입장의 차이를 없애려는' 것이 아니라 '그 차이를 유지하면서도 상대방을 수용할 수 있게 하는' 것이라는 점입니다.

예를 들어 보겠습니다.

✉ 친환경자라고 자처하는 친경 씨는 4대강 사업을 옹호하는 사강 씨가 밉습니다. 처음에는 그냥 생각의 차이라고 여기고 대수롭지 않게 여겼는데 얼마 전 가까운 친척이 4대강 사업에 참여하다 사고를 당한 이후부터 사강 씨의 말과 행동 하나하나가 모두 눈에 거슬립니다. 친경 씨 입장에서 사각모 쓰고 바라보기를 해 보겠습니다.

첫째, 먼저 친경 씨는 빨강색 모자를 쓰고 4대강 사업과 그 사업을 옹호하는 사강 씨를 바라봅니다. 가능한 한 상세하게 자기 입장에서 4대강 사업에 반대하는 이유, 그리고 사강 씨가 마음에 들지 않는 이유를 들어 봅니다.

둘째, 이제 초록색 모자를 쓰고 사강 씨가 되어 그 입장에서 4대강 사업과 그 사업을 반대하는 '나' 친경이를 바라봅니다. 가능한 한 상세하게 사강 씨가 4대강 사업에 찬성하는 이유, 그리고 친경 씨가 반대하는 이유를 들어 봅니다.

셋째, 이제 주황색 모자를 쓰고 중립적인 입장에서 4대강 사업의 장단점, 그리고 4대강 사업에 대한 사강 씨와 친경 씨의 시각을 분석하고 정리하고 평가해 봅니다.

넷째, 사랑공동체에 속한 형제애를 발휘하여 사강 씨와 자신의 입장을 다 품어 봅니다. 사강 씨가 4대강 사업 옹호를 통하여 얻으려고 하는 게 무엇인지, 그 마음에 충족시키려고 하는 게 무엇인지 자비롭게 들여다보고 받아들입니다. 마찬가지로 친경 씨 자신이 4대강 사업 비판을 통하여 얻으려고 하는 게 무엇인지, 그리고 그 마음에 충족시키려고 하는 게 무엇인지 자비롭게 들여다보고 받아들입니다. 아울러 친경 씨 자신이 사강 씨를 미워하며 얻으려고 하는 게 무엇인지, 그리고 그 마음에 충족시키려고 하는 게 무엇인지 자비롭게 들여다보고 받아들입니다.

🟢🟢 익살과 해학 곁들이기(긍정적으로 뒤틀기)

웃음은 마음의 긴장을 풀어 주고 사고를 유연하게 해 주는 효과가 있습니다. 딱딱하게 굳어 있다가도 무엇인가를 계기로 웃기 시작하면 몸과 마음이 함께 부드러워집니다. 이렇게 부드러워진 마음은 상대방을 수용하는 데에도 영향을 미칩니다. 한바탕 웃음을 이끌어 내 상황을 반전시키는 것에는 익살과 해학이 있습니다. 익살과 해학은 앞뒤가 꽉 막힌 상황에 돌파구가 되기도 하고 뭔가 어색한 상황을 긍정적으로 바꿔 놓기도 합니다. 때로는 사람 사이를 아주 빠른 속도로 가깝게 만들기도 하구요.

익살과 해학을 잘 하려면 상식적인 생각의 '틀'을 넘어서야 합니다. 그러니까 한 차원 높은 곳에서 일상적인 생각이나 일들을 비틀고 뒤집고 변형시켜 우스개로 만들 수 있어야 합니다. 익살과 해학의 경지가 높은 사람은 자기조차 웃음거리로 만듭니다. '익살과 해학 곁들이기'는 어떤 사건이나 상대방을 익살과 해학으로 대할 수 있도록 돕기 위한 전략입니다. 어떤 사건이나 사람을 대할 때 익살과 해학을 섞을 수 있다면 이들을 수용할 수 있는 가능성이 그만큼 더 커질 것입니다. 익살과 해학을 부리려는 마음을 먹기만 해도 벌써 상대방에 대한 태도가 부드러워지니까요.

익살과 해학 곁들이기 연습을 두 가지로 나누어 살펴보겠습니다. 상대방에게 초점을 맞추는 방법과 자기 자신에게 초점을 맞추는 방법입니다.

상대방에게 초점을 맞추는 방법

첫째, 상대방의 말이나 행동 가운데 익살이나 해학으로 엮을 것이 있는지 찾습니다. 이때 가능하면 상대방이 중요하게 여기는 핵심 가치에 가까운 것을 찾습니다.

둘째, 익살이나 해학으로 엮을 것을 찾으면 이를 우스개로 표현합니다. 단, 우스개로 표현할 때 상대방이 상처를 입거나 다치지 않도록 조심해야 합니다. 그러니까 상대방을 조롱하거나 비웃는 것이 아니라 함께 소리 내어 웃을 수 있는 표현이어야 합니다. 익살과 해학을 하는 사람의 선의가 충분히 보여야 한다는 겁니다.

셋째, 익살과 해학의 효과가 제대로 전달되었는지 확인합니다. 혹 익살과 해학이 제대로 통하지 않아 오해가 생기는 경우, 자신의 의도를 진솔하게 알리고 이를 풀어내도록 합니다.

예를 하나 들어 보겠습니다. 아들 박종채가 기록한 연암 박지원 선생의 일화입니다.

읍에 사는 한 평민이 늘 사람을 때리고 욕설을 퍼부으며 술과 음식을 빼앗기를 밥 먹듯이 하였습니다. 매일 싸움질을 했으며, 어쩌다 관아에 끌려와 벌을 받으면 더욱 심하게 성깔을 부려 사람들은 모두 그를 두려워하고 피하면서 상대하려 들지 않았습니다. 하루는 아전 하나가 숨을 헐떡이며 관아에 들어왔는데 손에는 커다란 몽둥이를 쥐고 있었습니다. 그는 이렇게 하소연하였습니다.

"아무개가 이 몽둥이로 소인을 때려죽이려 했사옵니다."

아버지는 웃으며 "얼른 각수장이를 불러 오라!"라고 하셨습니다. 그리고 각수장이에게 시켜 그 몽둥이에다 다음과 같은 글을 새기도록 했습니다.

오호라, 이 큰 몽둥이
그 누가 만들었나?
아무개가 만들었지.
주정과 행패
너에게서 나왔으니
너에게로 돌아가야지.
이 이치는 피할 길 없으니
상해죄로 다스릴 일.
이 몽둥이 걸어 두게
저 마을 문 곁에다가.
회개하지 않는다면
함께 이 몽둥이로 때려 주세.
사또가 그걸 허락함을
이 글로 증명한다.

이 글을 보고 아전도 웃고 물러갔습니다. 아무개는 이 말을 전해 듣고 다시는 야료를 부리지 않았다고 합니다.

자신에게 초점을 맞추는 방법

첫째, 상대방의 말이나 행동 중에서 껄끄럽게 느껴지거나 쉽게 받아들여지지 않는 곳을 찾습니다. 특히 잠시 머물다 지나가지 않고 마음속에서 되풀이되어 걸리는 것에 주목합니다.

둘째, 상대방의 말이나 행동이 나의 내면에 일으키는 반응을 잘 살핍니다. 상대방의 언행이 자신에게 어떤 생각을 일으키고 어떤 감정을 불러오는지 가능하면 자세히 관찰합니다.

셋째, 자기 자신의 내면 반응을 익살과 해학을 섞어 우스꽝스럽게 표현할 방법을 찾습니다. 언어로 표현할 수도 있고, 심상으로 떠올릴 수도 있습니다. 그런데 이것이 가능하려면 자기 삶을 객관적으로 바라보고 한 단계 높은 수준에서 삶을 관조할 수 있는 역량이 있어야 합니다. 그러니까 자기 자신조차 비웃고 조롱할 수 있을 정도로 자기중심성을 넘어서 있어야 한다는 거지요.

넷째, 익살과 해학을 섞어 자신의 내면 반응을 우스꽝스럽게 만든 후 이전과 비교하여 상대방을 대하는 자신의 내면 반응에 변화가 있는지 확인해 봅니다. 동일한 상황인데 유쾌하게 반응하고 있다면 반응 대치가 일어난 셈이고, 그만큼 상대방을 수용하고 있다고 말할 수 있습니다.

예를 하나 들어 보겠습니다.

✉ 포월 씨는 아무런 걸림돌 없이 세상을 유쾌하게 살아가려고 노력합니다. 그는 오래전부터 독거노인 도우미 봉사활동을 하고 있는데요, 함께 봉사를 하는 봉사원 중에 반월 씨가 늘 마음에 걸립니다. 함께 봉사하는 것은 좋은데 반월 씨의 입이 거칠어서 동료들과 독거노인들에게 함부로 욕을 하는 것이 아주 거슬립니다. 반월 씨는 습관이 되어 아무렇지 않게 욕을 하는 거 같은데 이것 때문에 포월 씨 마음에 구름이 낄 때가 많습니다.

이 상황을 극복하기 위하여 포월 씨는 다음과 같은 노력을 합니다. 먼저, 반월 씨가 욕을 할 때 자기 속에서 어떤 반응이 올라오는지 살핍니다. 관찰해 보니 반월 씨에 대한 짜증, 분노, 그리고 무시하는 감정이 솟아납니다. 이 감정들이 포월 씨의 발목을 잡아 세상을 유쾌하게 살아가는 데 방해가 되고 있습니다. 생각해 보니 정말 별 것 아닌데 그것 때문에 자기 삶의 방향이 꼬이는 것 같아 참 한심합니다.

포월 씨는 자기 내면의 반응을 바꾸기로 했습니다. 반월 씨의 욕을 들을 때마다 머릿속으로 다음과 같은 영상을 떠올리기로 했습니다. '아프리카 초원에서 굶주린 사자가 온갖 고생 끝에 간신히 먹잇감으로 삼은 영양의 등 뒤까지 접근해서 기회를 노리며 잔뜩 웅크리고 있다. 이제 튀어 나가 영양을 덮치기만 하면 끝난다. 그런데 온몸의 근육이 긴장으로 터질 것 같

자기 자신의 내면 반응을 익살과 해학을 섞어
우스꽝스럽게 표현할 방법을 찾습니다.
언어로 표현할 수도 있고, 심상으로 떠올릴 수도 있습니다.

은 바로 그 순간 모기 한 마리가 사자의 엉덩이에 사정없이 침을 박는다. 이 사자는 어떻게 할 것인가? 모기를 무시하고 영양을 향해 튀어 나갈 것인가, 아니면 괘씸한 모기를 먼저 처치할 것인가? 영양을 향해 튀어 나가면 모기는 산 채로 달아날 것이요, 모기를 먼저 처치하려고 하면 영양은 달아나 버릴 게 뻔하다. 그런데 사자는 바로 나 포월이요, 모기는 반월 씨의 욕이다. 자, 지금 나는 무엇을 선택해야 할까?' 포월 씨는 반월 씨가 욕하는 걸 들을 때마다 머릿속으로 이 심상을 떠올리면서 쓴웃음을 웃습니다. 그러고 나면 한결 마음이 가벼워지고 반월 씨에 대한 짜증과 분노가 사라지는 것을 느낍니다. 아니, 반월 씨에 대한 짜증과 분노가 사소한 것에 사로잡혀 유쾌하게 살지 못하는 자기 자신에 대한 채찍질로 대치되었다고나 할까요. 이제는 거칠게 욕을 할지언정 봉사 활동에 열심히 참여하는 반월 씨가 오히려 대견스럽게 보이기도 합니다.

👀 형제애로 품기

사람들은 개인으로 분리되어 사는 것 같지만, 알고 보면 모두 인류라는 커다란 공동체에 속해 있습니다. 그러니까 서로가 아무리 달라도 그 밑바탕에는 사람이라는 유전적 단일성을 가지고 있습니다. 이런 점에서 우리는 모두 형제라고 말할 수 있습니다. 외모가 다르고 욕구가 다르고 생각이 다르고 행동이 다를지라도 우리는 인류라는 공동의 끈으로 묶인 형제들이라는 거지요. 형제들이지만 다만 다를 뿐입니다. 그런데 때로는 이 다름이 지나쳐서 우리가 형제라는 사실을 망각하고 지낼 따름입니다. 그렇다고 해도 우리가 인류라는 공동체로 묶인 형제라는 사실을 부인할 수는 없습니다. 한 부모 밑에서 태어난 형제가 서로 다르다고 해서 형제가 아니라고 말할 수 없듯이, 인류에 속한 우리 모두는 형제입니다. 우리가 형제애를 발휘해서 다른 사람을 품을 수 있는 것은 바로 이런 사실에 바탕을 두고 있습니다.

여기에서 우리가 주목할 것이 있습니다. 형제애는 일종의 자비심인데요, 이 자비심은 개인인 나에게서 비롯되는 것이 아니라 우리가 소속된 커다란 공동체에서 솟아납니다. 그러니까 나에게서 상대방으로 향하는 형태가 아니라 인류 공동체에서 흘러나온 자비와 사랑이 나와 상대방을 동시에 덮고 감싸 안는 형태라는 거지요. 나는 다만 그 공동체 안에 들어 있는 풍성한 자비심에 전염될 수 있도록 마음을 열어 놓기만 하면 됩니다. 인류 공동체에 속한 원천적인 동일감이 상대방을 수용할 수 있는 자비심을 넘치게 부어 넣도록 하는 것입니다.

구체적인 연습 방법은 다음과 같습니다.

첫째, 마음껏 상상의 나래를 펼칠 수 있는 조용한 곳을 찾아 눈을 감습니다.

둘째, 머릿속에 따뜻하고 아름답게 빛나는 고향 별을 떠올립니다. 이 별에는 사랑과 자비가 넘치도록 흐르고 있습니다.

셋째, 그 고향 별에서 나와서 지금 현재 살아가는 자기 자신의 모습을 상상합니다.

넷째, 수용할 사람(상대방)을 떠올리며 그 사람 역시 같은 고향 별에서 나와 현재를 살아가는 모습을 상상합니다.

다섯째, 그 고향 별로 되돌아가는 자기 자신의 모습을 상상합니다.

여섯째, 그 고향 별로 되돌아가는 상대방의 모습을 상상합니다.

일곱째, 그 고향 별에 흐르는 사랑과 자비가 자기 자신과 상대방을 동시에 감싸 안는 모습을 상상합니다.

여덟째, 고향 별의 사랑과 자비가 자신을 흠뻑 적셔 상대방에 대한 애틋한 마음이 솟아날 때까지 상상을 계속합니다.

예를 들어 보겠습니다.

독실한 불교 신자인 반종 씨는 종교는 아주 사적이고 개인적인 믿음이라고 생각하고 있습니다. 그래서 정말 조용하고 요란하지 않게 신앙생활을 하며 살아갑니다. 남에게 피해를 주지 않는 것은 물론이고요. 이런 반종 씨가 도대체 이해할 수 없는 사람들이 있습니다. 불쑥불쑥 집에 찾아와 초인종을 누르고 막무가내로 전단지를 돌리는 열성 기독교인들입니다. 편안하게 집에서 쉬고 있다가 이들을 맞닥뜨리면 기분이 바닥으로 떨어집니다. 쓸데없는 실랑이를 하는 것도 기분 나쁘고 좋지 않은 기분이 드는 게 또 기분 나쁘고…… 반종 씨는 좀 더 상쾌하게 살기 위하여 이들에 대해 '형제애로 품기'를 연습합니다.

먼저, 반종 씨는 자신과 집에 찾아오는 기독교인이 함께 속해 있던 따뜻하고 아름답게 빛나는 고향 별을 떠올립니다. 그 속에서 자신과 그 기독교인들은 같은 별에 속한 형제로서 아무런 종교에 속하지 않은 채 평화롭게 즐기고 있습니다. 그곳에는 종교 자체가 없으니까요.

이제 반종 씨는 그 고향 별에서 나와서 지구로 내려오는 상상을 합니다. 그리고 자신이 살아온 인생 여정을 더듬어 봅니다. 마찬가지로 기독교인들이 고향 별에서 지구로 내려오고 또 나름대로 살아왔을 인생 여정을 상상해 봅니다. 그리고 비록 현재 다른 종교를 믿고 있지만 근본은 동일한 유전자를 가진 형제라는 점을 확인합니다. 지구에서 살아온 삶의 역사가 달라서 신앙생활을 하는 방식과 열정에는 차이가 있지만, 영혼을 맑게 하려는 욕구를 함께 가지고 있다는 점에서도 역시 같은 유전자를 가진 형제임을 확인합니다. 이제 반종 씨 자신

외모가 다르고 욕구가 다르고 생각이 다르고 행동이 다를지라도
우리는 인류라는 공동의 끈으로 묶인 형제들이라는 거지요.

도 그 기독교인들도 종교를 포함하여 지구에서 지녔던 모든 것들을 털어 버리고 다시 고향 별로 돌아가는 상상을 합니다. 그리고 그 별에 넘치게 흐르는 사랑과 자비가 반종 씨 자신과 그 기독교인들을 함께 감싸고 적시는 상상을 합니다. 어느새 반종 씨 마음은 그 기독교인들에 대한 따뜻한 느낌으로 훈훈 해집니다.

저자 소개

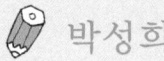 박성희

서울대학교 교육학과에서 학사, 석사, 박사 학위를 취득하였다. 한국행동과학연구소 상담실 책임연구원, 미국 위스콘신 대학교 상담학과와 캐나다 브리티시컬럼비아 대학교 상담학과에서 객원교수를 지냈으며, 현재 청주교육대학교 교수로 재직 중이다.

저서로는 상담지식을 대중화한 『진정성』『행복한 삶을 위한 생각처방전』『원더풀 티처스 시리즈-선생님은 해결사 10권』『공감』『담임이 이끌어 가는 학급상담』『마시멜로 이야기에 열광하는 불행한 영혼들을 위하여』『동화로 열어가는 상담 이야기』『황희처럼 듣고 서희처럼 말하라』『꾸중을 꾸중답게 칭찬을 칭찬답게』 등과 『동양상담학 시리즈 13권』『상담학 연구 방법론』『공감학: 어제와 오늘』『상담과 상담학 시리즈 3권』 등의 전문서적이 있다. 이

저서들 중 『상담과 상담학 시리즈 3권』은 대한민국학술원의 우수 학술도서로, 『공감』과 『행복한 삶을 위한 생각처방전』은 문화체육관광부의 우수교양도서로 선정된 바 있다.

저자는 지금까지 했던 작업의 초점이 상담학의 학문적 기초를 다지는 것이었다면, 앞으로는 한국상담학의 원형을 찾아 현대화하는 일과 상담지식을 대중화하는 일에 더 많은 힘을 모을 생각이라고 한다. 현재 초등학교 교사들과 함께 진행 중인 '초등학교 현장에서 필요한 상담지식'을 정리하는 작업도 계속할 예정이다. 저자는 상담지식을 통해 온 세상 사람들을 행복하게 하는 일에 신의 축복이 있기를 바라는 마음으로, 꾸준히 상담의 대중화를 위해 노력하고 있다.

수 용

2012년 3월   5일 1판 1쇄 인쇄
2012년 3월 15일 1판 1쇄 발행

지은이 | 박성희
펴낸이 | 김진환
펴낸곳 | ㈜ **학지사** · **INNER BOOKS** 이너북스

　　　　121-837 서울시 마포구 서교동 352-29 마인드월드빌딩 5층
　　　　대표전화_ 02-330-5114   팩스_ 02-324-2345
등 록 | 2006년 11월 13일 제313-2006-000238호
홈페이지 | www.innerbooks.co.kr

ISBN 978-89-92654-46-3 03180

가격 13,000원

• 저자와의 협약으로 인지는 생략합니다.
• 파본은 구입처에서 바꾸어 드립니다.

• 이 책을 무단 전재 또는 복제 행위 시 저작권법에 따라 처벌을 받게 됩니다.

※ 이너북스는 학지사의 자매회사입니다.